Trottoir Noir | Skizzenbücher #21 | Erzählungen & Gedichte

I

II

III

IV

I

Nichts weckt den Langschläfer so gut am Morgen wie existenzielle Sorgen.

November

Ich habe mich verkleinert. Man sieht es mir von außen nicht an, hoffe ich, aber ich fürchte, man sieht es eben doch, als eine Art Abgewetztheit oder Ausdünnung, die man nur fadenscheinig verbergen kann. Ich wende denselben Aufwand an, den ich auch vorher schon angewandt habe. Es liegt in der Natur meiner Arbeit, dass sie keine Ergebnisse bringt.

Heute hat es zu schneien begonnen. Ich wurde vom Fallen der Flocken geweckt, die sanft an meine Scheiben dotzten, die Scheiben des Schlafzimmerfensters, von dem aus ich die Stadt überblicken kann. Im Hof hat jemand mit dem Auto Pirouetten gedreht und ist dann mit riesen Schritten Richtung Einfahrt gelaufen. Vor einer Woche hat nebenan noch jemand Geige gespielt, aber seit ein paar Tagen ist alles um mich herum wie ausgestorben und ich weiß nicht, ob die Welt überhaupt noch existiert. Ich kann aber auch nicht rausgehen oder das Radio anschalten, da ich befürchte, dass das, was ich zu hören bekomme, mich nur noch mehr nach innen treiben wird oder, noch schlimmer, enttäuschen. Wenn ich die Wahl habe, entscheide ich mich immer für drinnen. Ich habe aber zunehmend den Eindruck, dass das keine wirkliche Entscheidung ist.

Genau genommen habe ich seit Kurzem den Eindruck, dass ich ein Loch im Kopf habe. Ein kleines Stück fehlt, hinten links, und es zieht. Ich kann es mir nicht erklären, aber mir scheint, ich habe das selbst zu verantworten, ich habe nicht ausreichend aufgepasst oder vorauseilend etwas weggegeben, wonach überhaupt keiner gefragt hat. Nachts träume ich, dass das Kind meiner Freundin mir mit einem winzigen Hammer einen kleinen Haken, wie man ihn zum Aufhängen von Bildern benutzt, in die Bauchdecke hämmert; es ist ein Spiel und er meint es nicht böse, aber mir wird dennoch schlecht, als ich den Haken herausziehe und ungläubig Blut schwellen sehe. Ich kann es nicht fassen, dass mich jemand so einfach verletzen kann, dass ich so derart verwundbar bin (im Spiel, mit einem Hämmerchen aus der Puppenstube und einem Haushaltsgegenstand).

Endlich korrespondiert die äußere Stille mit meiner inneren: Der Schnee dämpft alle Geräusche. Wobei ich, wenn ich innere Stille sage, eher eine Abwesenheit meine, Abwesenheit des meisten Lebendigen, das es da einmal gab. Man muss nur eine sehr lange Zeit, etwa zwei Jahre, Abstand von allem halten, was Freude bringt, und schon wird man Ergebnisse erzielen, auf die man es nie abgesehen hat. Hin und wieder höre ich es blubbern, die Organe scheinen soweit intakt. Ich bin darüber erfreut, aber in Gesprächen kommen wir dennoch immer nur auf anderes zu sprechen (was machen wir jetzt, was sollten wir machen, wie lange wird dieser Mist noch weitergehen) und ich bin mir nicht sicher, ob überhaupt meine Verdauung oder die Tatsache, dass mein Herz so gut schlägt, ein Gesprächsthema wäre, an dem man sich lange Zeit aufhalten kann.

Die Tage vergehen und mir ist schlecht. Ich wache, weil ich in einer Schonhaltung schlafe, jeden Morgen mit Schmerzen auf. Mein Körper ist durcheinandergeraten, das rächt sich jetzt: Gedanken, die nachts hätten gedacht werden sollen, kleben morgens krustig getrocknet an der Stelle am Kopfkissen, wo sich das Loch befand. Eine Entwirrung, für die es den Schlaf braucht, in dessen Ruhe sich alles sortiert. Vielleicht wird dieses Bett eines Nachts unter mir zusammenkrachen, unter dem Gewicht all der Sackgassen aus meinen Träumen (man stelle sich das, rein gewichtsmäßig, mal in Säcken vor); vielleicht bekomme ich urplötzlich Husten, vielleicht herrschen zwischen mir und allen, mit denen ich es täglich zu tun habe, mehr Missverständnisse als Verständnisse vor.

Felltasche, Zwitscherplüschvogel, Reinigungstabs für die Spülmaschine: Ich liste Dinge auf, die mich beruhigen. Im Bad suche ich nach Heilsalbe oder einem Pflaster, um meinen Kopf zu flicken, finde aber nur einen Korken in der Küchenschublade, der beim Versuch, das Loch damit zu verschließen, hineinzurutschen droht. Mir wird mit einem Schlag bewusst, dass nichts das Stück wird ersetzen können, das da eigentlich hingehört.

Auf versus offen, zwei verschiedene Dinge. Man vergisst, wie sich Vollständigkeit anfühlt, es ist alles eine Frage der Gewöhnung. Was man nicht hatte, wird man vielleicht niemals haben: Die Idee, etwas wirklich Neues sehen zu können, erscheint etwas lächerlich angesichts dessen, wohin man schaut. „Du hast so viel Zeit", flüstere ich mir selbst ins Kissen. Nur leider läuft sie offenbar rückwärts. Am Ende würde ich an viel weniger Orten gewesen sein, als ich es war, und viel weniger Menschen gekannt haben. Mit jedem neuen Grund, zu vergessen, vergaß ich auch was.

Die Heizung wurde im Schrank versteckt. Ich weiß aber dennoch Bescheid: Nicht anfassen bitte, Privat! Durch das geheime Rohr im Badezimmer hört man anfangs noch Husten, Stöhnen, ein Fußballspiel, während die Wände ansonsten die Welt raushalten. Ich stelle nur einmal alle Möbel um und schließe auch nur einmal meine Arme ganz sanft um die Heizungsrohre. Ansonsten halte ich mich von allem fern, allem voran dem Balkon. Ich werde diese Zurückhaltung aber irgendwann aufgeben müssen, wenn mir hier drin die Luft ausgeht. Man kann nur eine begrenzte Zeit lang dasselbe einatmen.

Was das Loch angeht, ist der Gedanke am schlimmsten, dass ich das Stück, das zu mir gehört, eventuell gar nicht hätte abgeben müssen. Dass das vielmehr ein Missverständnis gewesen sein könnte, Besänftigung von etwas, das niemand bezeugen kann, selbst ich nicht, die ich immer wieder ungläubig vor mir stehe und mich frage, ob mir die Worte nur deshalb fehlen, weil es das, was sie zu beschreiben versuchen, gar nicht gibt.

Auf der Straße kommt mir eine Herde Zebras entgegen. Sie sind noch klein, tragen Schulranzen und galoppieren, um die Bahn zu erwischen. Ich habe mich rausgetraut und staune über die Schönheit der Straßen, die sich den Berg hinaufschlängeln, beschneite Wipfel und Autos, die vor Villen parken. Es sind aber sehr kleine Villen, über die man sich nicht übermäßig aufregen muss. Man hört die Abendvögel, als wäre nicht Winter. Ein Haus, in dem bis vor Kurzem noch jemand wohnte; eine Amsel, ein Specht, eine Nachtigall. Ich schaue so lang mit gespitzten Ohren in das Gartengebüsch, bis meine Augen zu tränen beginnen. Man kann dem Haus nicht ansehen, ob die, die zuletzt darin lebte, zufrieden war und ob sie freiwillig ging; man kann dem Garten nichts ansehen, weil es dunkel ist. Ich frage mich, warum nur hier die Vögel zwitschern, der eine Vogel vielmehr, der auf dem Wipfel flötet.

Hoffnung oder Befürchtung. Ich kann mich auf diese Unternehmung nur einlassen, wenn von vornherein klar ist, wie sie ausgehen wird. Um die notwendigen Wahrscheinlichkeiten zu errechnen, sammle ich Daten aus der Vergangenheit, die allerdings, je mehr ich über sie nachdenke, immer kleiner wird, immer mehr zusammenschrumpft auf einen winzigen Ausschnitt der Landkarte, als würde die Welt sich in sich zusammenziehen. Sorgsam pinne ich Flügelchen fest, während draußen reale Insekten flattern, von denen ich hier drinnen nichts mitbekomme.

Auf dem Weg zur Physiotherapie komme ich an einer Schnecke vorbei, die am Straßenrand sitzt, direkt an der Bordsteinkante, gefährlich nah an einem Auto, das jederzeit losfahren könnte. Ich erwäge, sie vom Boden zu pflücken und auf die kleine Mauer am Gehweg zu setzen, verwerfe die Idee dann aber wieder, weil ich sie nicht verwirren will. Es war ihre Entscheidung, zum Rand da zu kriechen, und ich respektiere ihre Autonomie.

Es ist ein windiger Tag und die Kälte pfeift in mein Kopfloch. Ich frage mich, ob mir nicht doch irgendwer ansieht, was sich unter meinen Haaren verbirgt, ob es nicht offensichtlich ist, dass da etwas nicht stimmt, auch weil ich von dem, was die Leute so reden, ausschließlich die Blicke verstehe. Heute blicken sie skeptisch, fragend und so, als wüssten sie mehr als ich, was ja tatsächlich der Fall ist. Why does this woman carry a pineapple?, höre ich jemanden im Vorbeigehen seine Begleiterin fragen, I mean, on the dancefloor? – This city doesn't make any sense. An der Supermarktkasse habe ich mir angewöhnt, auf alle Fragen mit Nein zu antworten und auf meine Ohren zu zeigen, als seien die das Problem. Ich vermute, es geht um Kundenkarten. Falls es mal um etwas anderes geht, möchte ich mich hiermit entschuldigen.

Freiheit, erzähle ich der Freundin am Telefon, ich brauche Freiheit, um überhaupt denken zu können! Lass mich in Ruhe und rufe nie wieder an, oder wenn, dann nur, wenn ich Zeit hab. Ein Bitterkeitsschlückchen, vier Paar Wollsocken, weil sie mir seit Neustem die Flasche verweigert und ich aufrüsten muss. Ich habe mich daran gewöhnt, sie zu verstehen, aber im Vergleich zu allem, was man wissen und können könnte, wusste und konnte ich immer zu wenig. Lieber Wut als eine Lücke zu lassen für unbekannte Gefühle: fünfmal halten, zehnmal loslassen, so lernt das zentrale Nervensystem.

Cellulose, produced in Slovakia. Natural Softness, soft and strong. Otevřeno, silent props, eine Haubenlerche; Smetana, krásný, schon werde ich ruhig. Ich spreche wie jemand, die noch niemals gesprochen hat. Ich tue so, als würde ich gerade erst damit anfangen, erstmalig in Kontakt kommen mit dieser Grammatik, diesen Worten, die ich am Gaumen prüfe wie eine Stück Frucht. Litschi, Kirsche, Klüngel, Kitsch: Ich schlinge meine Zunge darum, sage, hör mal, die hab ich mir ausgedacht, was mir allerdings niemand abnimmt; diese Wörter sind längst bekannt. Ich möchte doch nichts weiter als eine geniale Erfindung hervorbringen, irgendetwas, wofür sich das alles gelohnt haben wird, was auch immer „das alles“ ist. Das Gute reicht zum Ausgleich des Schlechten nicht, es muss immer noch mehr sein, gefahrlos, versteht sich, eine Art Schutzhüllendasein, Sicherheitsexistenz, keine, bei der irgendwie sichtbar würde, dass ich ein Leck habe, aus dem beständig und ohne mein Zutun irgendwas austritt, was ich nicht kontrollieren kann. Neun von zehn meiner Wörter enthalten Fehler; ich mache den Test und es stellt sich heraus, dass ich zu wirklich allem in der Lage wäre, wenn ich nur ausreichend wollte.

Erst als Herr M. mir parallel den Kopf hält und die Schulter ausrenkt, kann ich ganz entspannt alles erzählen. Vom Klappstuhl mit Wärmflaschenfüßen blickt man über die Winterstadt, wie überhaupt alles hier im sechsten Stock zu sein scheint. Vielleicht kann man sich an die Angst gewöhnen. Schau, ein normaler Werdegang: Wir haben uns ein paar Mal gekreuzt. Auf der anderen Seite der Wand, der Stadt und des Flusses lebe ich ein vollständig anderes Leben, ich weiß es und kenne alle Details, vom Kühlschrank bis zur Kontonummer, von der Morgenroutine bis in den herrlichen Schlaf. Herr M. holt mich ins Leben zurück, indem er seine Hände in meine Seiten gräbt. Verliebtsein, in 90 Prozent der Fälle eine Schockreaktion. Bitte, erzähl mir jetzt gar nichts, ich ahne, das läuft auf nichts Gutes hinaus. Kurz tun wir so, als gäbe es zwischen uns keine Welt, nur die eine, in der wir uns beide befinden.

Das Eichhörnchen läuft den Baum hinunter. Nachts liege ich wach und frage mich, ob ich die Schnecke nicht doch hätte umsetzen sollen. Was wiegt Orientierungslosigkeit gegen die Gefahr, überfahren zu werden? Ich habe mir angewöhnt, über Dinge zu weinen, die noch nicht eingetreten sind; wenn sie dann eintreten, werde ich schon ausreichend geweint haben und ganz ruhig und still sein, als habe das alles mit mir nichts zu tun.
Einmal nichts zu wissen, in niemandes

Händen zu liegen, und gar kein Gefühl dazu zu haben. Das Eichhörnchen rast den Baum hinauf.

Das Jahr neigt sich dem Ende zu, und noch immer hat mir niemand bestätigen können, dass mir ein Stück fehlt. Vorsichtig taste ich meinen Hinterkopf ab und finde auch selbst nichts, das sich eindeutig als Loch identifizieren ließe. Ich rufe meine Mutter an und frage sie, ob es sein kann, dass mir die Fontanelle nie richtig zugewachsen ist und ich deshalb das Gefühl habe, dass jederzeit etwas in mich hineinkrachen könnte, das mich umbringt. Sie sagt nein, mit mir sei immer alles in Ordnung gewesen, ich hätte von morgens bis abends geschlafen, auch nachts, und wenn es etwas gäbe, worüber man sich hätte gesorgt haben können und durchaus auch habe, dann höchstens das: dass ich so unendlich viel, eigentlich ständig und ohne nennenswerte Unterbrechung, geschlafen hätte. Die ersten drei Jahre habe man von mir eigentlich kaum etwas mitbekommen, und auch danach sei ich ruhig gewesen und hätte mich wenig bewegt, weswegen ich auch nie irgendwelche Unfälle hatte, während sich meine Geschwister tatsächlich rund um die Uhr neue Löcher zuzogen, aus denen das Blut nur so spritzte.

Drei Tage vor Weihnachten beschließe ich, mir ein neues Kissen zu kaufen. Man muss die Dinge nehmen, wie sie kommen, denke ich, auch wenn sie gar nicht kommen und keine Dinge sind oder niemals zu solchen wurden. Wenn wir morgen aus der Welt fielen, würde ich heiße Tränen weinen. Wann immer ich Eichhörnchen sehe, schreibe ich der Freundin, muss ich an dich denken: Ich hoffe, dass es anderen mit anderen Tieren genauso geht.

An einem Sonntag zwischen Mikrowelle und Zoo
beziehungsweise Tisch und Rosental
beziehungsweise Tram und Toilette, den Gang
runter links
fiel es mir –
Außentemperatur: 30 Grad
Geplanter Sonnenuntergang: 21:26 Uhr –
insofern schwer, ein Gedicht zu schreiben
als dass meine ganze poetische Energie vor
Kurzem
einer schlimmen Verliebtheit zum Opfer
gefallen war.

Seitdem war ich nurmehr in der Lage
Musik zu hören.
Manchmal ging ich auch laufen oder nahm
ein Bad.
Oder aß weinend ein Brot.

Den Vormittag hatte ich komplett am See
verbracht
mit einem Buch als Schutz gegen Mücken
und Hunde
die treuherzig ihre Stöckchen vor mir
ablegten.

Um 18:11 Uhr entschied ich dann
dass es wohl besser wäre
zukünftig sein Herz nicht mehr an Pornostars
        zu hängen
und fing doch noch an, ein Gedicht zu schreiben
das von nichts als einem
grundlos glücklichen Waschbären handelte.

Dude

Seit Corona habe ich überhaupt keine Sexträume mehr. Überdurchschnittlich oft habe ich dagegen geträumt, auf romantische Weise jemandes Hand zu nehmen. Ebenfalls häufig geriet ich im Traum in Situationen, in denen es aufgrund widriger räumlicher Umstände nicht möglich war, zu anderen ausreichend Abstand zu halten, was mich in große Unruhe versetzte. Am bisher Sexuellsten war ein Traum neulich beim nachmittäglichen Powernap, bei dem sich meine Brüste miteinander unterhielten, und zwar in Form zweier „Dudes" Ende vierzig, von denen einer ein Basecap trug und zum anderen „Dude" sagte. So kam ich überhaupt erst auf diesen Begriff; ich selbst würde ihn normalweise gar nicht benutzen. Viel mehr als die Tatsache, dass meine Brüste im Traum einander „Dude“ nannten, beunruhigte mich allerdings die Tatsache, dass sie überhaupt miteinander sprachen. Es schien mir so sinnbildlich für meine Situation.

Es klappt nicht

Ich träume, ich befände mich mit meinem Vater und einem fröhlichen Hund auf Stelzen in einer Zirkusmanege. Aus einem Spiel heraus küsse ich einen ebenfalls anwesenden Musiker; angeblich ist er ziemlich berühmt, aber eher so in alternativen Kreisen. Ich selbst kannte ihn bisher eigentlich gar nicht, bin aber trotzdem verknallt und will ihn unbedingt wiedersehen und noch mal küssen, ohne dass mein Vater und der Stelzen-Hund um uns herumwuseln. Also frage ich ihn, ob wir uns wiedersehen können. Er sagt erfreulicherweise ja und bittet mich, ihm meine Nummer aufzuschreiben. Doch das stellt sich als unmöglich heraus: Zuerst finde ich kein Papier, auf dem ausreichend Platz ist, dann verwandelt sich meine Schrift beim Aufschreiben aufgrund der Beschaffenheit sowohl des Papiers als auch des Stiftes in verwaschene Hieroglyphen, und dann schließlich bin ich mir nicht mehr sicher, ob ich mich überhaupt korrekt an meine Handynummer erinnere: Lautet sie wirklich 1234-56789 oder nicht doch irgendwie anders? Der Musiker versteht das ganze Drama nicht und ist, nachdem das Nummeraufschreiben sich als so kompliziert herausstellt, schon fast so weit zu sagen, na dann lassen wir es. Es wird jedenfalls bis zum Schluss nicht klappen, vielleicht auch, weil ich zwischendurch noch aufs Klo gehen will und mich in der weitläufigen Bäderlandschaft der Freien Waldorfschule, in der wir uns offenbar befinden, dummerweise verlaufe.

Mein Leben als Topfpflanze

Heute ist Sonntag, ein Tag, an dem ich üblicherweise viel Zeit habe. Ich stelle extra morgens mein Telefon laut, damit ich keinen Anruf und keine Nachricht verpasse, aber es kommen selten welche, weil alle immer mit ihren Familien im Zoo sind oder ausgiebig mit ihrem Partner im Bett frühstücken müssen. Selbst meine Single-Freundinnen haben immer irgendwas zu tun, ich weiß nicht, wie sie das machen. Vielleicht halten sie ihre Wohnung sauber?

Der heutige Sonntag hat glücklicherweise gegen elf erst angefangen, weil meine Yogagruppe und ich den ganzen gestrigen Abend statt Yoga zu machen Doppelkopf gespielt und Mon Chérie gegessen haben. „Stärke vortäuschen!", rief Eli immer wieder und knallte seine Karten mit solcher Wucht auf den Tisch, dass sie über die Tischplatte schlitterten und runterfielen, „immer Stärke vortäuschen!" Ich hab's versucht, aber letztlich braucht es auch zum Vortäuschen wohl ein kleines bisschen tatsächliche Stärke. „Mach dir nichts draus", rief Eli, nachdem er gewonnen und ich verloren hatte, und schlug mir zum Trost auf den Rücken: „Pech im Spiel, Glück in der Liebe!“ „Haha“, sagte ich, „genau“, und Eli schaute etwas zerknirscht, weil ihm offenbar wieder eingefallen war, was bei mir gerade los ist. Ich hatte es ihm ja vor ein paar Tagen erst lang und breit erzählt, und wenn ich genau überlege, nicht nur ein, sondern mindestens zwei oder drei Mal in verschiedenen Variationen und Abstufungen.

Im Nachhinein kann ich jetzt wenigstens sagen, dass es nicht meine Schuld war, dass ich Benni nachts noch geschrieben habe, sondern Elis, der überhaupt erst mit dem Thema Glück und Liebe angefangen hatte. „Hey“, schrieb ich, „ich wollte nur mal hören, wie es dir geht. Hast du guten Sex? Ich nämlich nicht. Arschloch.“ Nach weniger als zehn Minuten kam seine Antwort: „Das tut mir leid zu hören. Ich wünsche dir, dass du bald wieder guten Sex haben wirst. Mir geht’s gut, ich hoffe, dir auch.“ Der Kerl lässt sich einfach nicht provozieren. Ich frage mich, wo er auf einmal diese super Kommunikations-Skills herhat, Deeskalation und so weiter, die ihm doch, als wir noch zusammen waren, so offensichtlich abgegangen sind. Wobei, kommunizieren konnte er die Tatsache, dass er sich in Jo verknallt habe und es gut fände, wenn wir einander mal kennenlernen würden, eigentlich ziemlich gut. „Wozu soll ich die Schlampe kennenlernen?“, hatte ich geschrien, und er mich sehr ruhig – *sehr* sehr ruhig – darauf aufmerksam gemacht, dass das Slut-Shaming sei und irgendwie unfeministisch.

Da hat er natürlich recht. Nur das mit der Deeskalation hat schon damals nicht geklappt, weswegen er jetzt eine klitzekleine Narbe an der Lippe hat, die er trägt wie eine Auszeichnung. „Ich bewundere dich für deine Wut", hatte er mit glänzenden Augen gesagt, während ein Tropfen Blut sehr sexy sein Kinn hinabrann, „dass du die so zulassen kannst – das ist toll." Ich hätte ihm beinahe noch eine reingehauen, aber ich hatte irgendwie den Eindruck, dass es ihm gefiel, also ließ ich es sein. Ich habe auch meinen Stolz.

Jetzt schläft Benni also mit Jo, einer – ich habe recherchiert – wahnsinnig gutaussehenden, großen Frau, die außer Benni noch mindestens zwei weitere Lover hat, und ich nur noch mit meinem Kopfkissen. Das wenigstens ist weich und warm und schmiegt sich nachts an mich wie der flauschigste Freund. Neulich ist es sogar morgens mal aufgestanden, um mir Kaffee zu kochen, das war lieb.

Noch vor Kurzem habe ich behauptet, ich sei über alles hinweg und würde mich von nun an ausschließlich der Arbeit zuwenden. „Ich bin über Benni hinweg", schrieb ich an Sascha, „Heterosexualität ist eine Falle für jede denkende Frau" an Nadine, und „Life is a tragedy to those who feel“ als Sprachnachricht an mich selbst. Die Wahrheit ist allerdings, dass ich über gar nichts auch nur im Entferntesten hinweg bin und mich auch keineswegs ausschließlich der Arbeit zuwende, sondern, wenn ich nicht gerade ins Büro muss, täglich nur dasitze und stumm auf mein Handy starre, das keinen Ton von sich gibt.

Heute Nachmittag hat es dann unerwartet doch einen Ton von sich gegeben, einen ziemlich lauten sogar, denn ich hatte es am Morgen ja laut gestellt. Das Display zeigte „Mama“ an; ich überlegte kurz, dann ging ich ran. Es war mein Vater. „Ach, du bist es“, sagte er, „ich wollte eigentlich deine Mutter anrufen.“ „Du rufst mich *mit dem Handy* meiner Mutter an, Papa!“ „Ach so“, sagte er, „ah! Ja, das erklärt, warum sie nicht rangeht.“

Eigentlich telefonieren mein Vater und ich nicht miteinander. Nicht, dass wir uns nichts zu sagen hätten, aber für Kommunikation ist normalerweise meine Mutter zuständig. Da ich ihn nun aber schon mal am Telefon hatte, fragte ich ihn, was er so mache, worauf er sagte, er bereite sich auf den Ruhestand vor. Die Versicherungsgesellschaft, für die er die letzten 30 Jahre gearbeitet hat, versucht seit einer Weile, ihn und ein paar weitere Kolleg:innen über 60 sanft aus der Firma zu drängen. Sanft deshalb, weil von Kündigung bisher überhaupt keine Rede war, im

Gegenteil: der Chef neulich erst die „beeindruckende Lebensleistung“ der älteren Kolleg:innen lobend erwähnt hatte. Das war, als er meinen Vater einem jungen Kollegen vorstellte, der gerade neu eingestellt worden war, und mit dem mein Vater nun – wirklich nur kurzzeitig – sein Büro teilen sollte. Vor einer Woche haben sie dann seinen Transponder deaktiviert. Den Firmen-Laptop durfte er mitnehmen, auch die Firmen-Mailadresse und das Firmenhandy, das allerdings schon nach drei Tagen den Geist aufgab (was, fiel mir jetzt ein, wahrscheinlich der Grund dafür war, dass er das meiner Mutter benutzte). Gestern, erzählte er, habe er versucht, sich vom Lidl-Parkplatz aus ins Intranet einzuloggen, um die Ordnerstruktur aufzuräumen für den neuen Kollegen. Das WLAN reiche aber offenbar nur bis zur Kreuzung.

„Wie geht das“, fragte ich ihn, „sich auf den Ruhestand vorbereiten?“ „Geduld haben“, antwortete er, „versuchen, sich nicht überflüssig zu fühlen. Und sich vorm Einschlafen immer schön vorstellen, wie die Aktien fallen.“ Einen Moment lang fühlte ich mich meinem Vater sehr nah.

Kurz nachdem ich mich, mit Grüßen an Mama, verabschiedet hatte, fiel mir der Traum wieder ein. Mein Traum von letzter Nacht. Ich hatte geträumt, ich sei schwanger, und bei der ersten Untersuchung würde festgestellt, dass ich rund 30 Kilo mehr wog als sonst, während ich gleichzeitig noch immer genauso aussah wie vorher und niemand sich erklären konnte, woher das ganze Gewicht kam und wo genau in meinem Körper es sich befand. Ich wusste auch im Traum nicht, wie es sein konnte, dass ich schwanger war, traute mich aber nicht, das den Ärzten gegenüber zu erwähnen, aus Angst, sie würden ihre Diagnose revidieren. Ich rauchte weiter und stellte auch sonst keinerlei Veränderung an mir fest, was mich irgendwie enttäuschte. Ich hatte erwartet, dass schwanger alles anders werden würde, anders im Sinne von besser. Leider wachte ich auf, bevor ich irgendetwas gebären konnte; ich bezweifle stark, dass es ein Kind gewesen wäre.

„Gieß mich!", schrieb ich, als der Abend sich senkte. Benni antwortete nicht. Ich schickte ein „Ich verdurste" hinterher. Er schickte zur Antwort ein Fragezeichen. Das konnte ich ihm nicht verübeln – ich hätte auf diese Nachricht ebenfalls ein Fragezeichen zur Antwort geschickt. Aber statt mich anderen Dingen zuzuwenden, schrieb ich ihm noch einmal, und zwar: „Gieß mich, ich bin eine Topfpflanze!" „Haha", schrieb er. „Haha" schrieb auch ich.

Wir verstehen uns noch immer ganz gut.

Wer ich laut Facebook bin

Eine Person, die sich für Teppiche interessiert
Eine Person, die sich trendige Kunstplakate an
die Wand hängen möchte
Eine Person, die sich generell gern und ausführlich
mit Inneneinrichtung beschäftigt

Eine Person, die beim Shoppen auf Nachhaltigkeit
Wert legt
Eine Person, die nur Biobaumwolle an ihre Haut lässt
Eine Person, die nachhaltig Wäsche wäscht
Eine Person, die menstruiert

Eine Person, die grellbunte Fuchspuzzles puzzelt
Eine Person, die sich dringend entspannen muss
Eine Person, der ein Dankbarkeitstagebuch
guttun würde
Eine Person, deren Hose rutscht

Eine Person, die von einer Frau namens
Heather Electra verführt werden möchte
Eine Person, die einen neuen BH braucht
Eine Person, die sich Sorgen um ihre Haare macht
Eine Person, die Babyschildkröten liebt.

Mandel

Heute Nacht geträumt, ich müsste ein Auto mit mehreren Passagieren vom Rücksitz aus einen extrem schlammigen, steilen Abhang hinunter lenken, weil die eigentliche Fahrerin kurzfristig ausgestiegen war. Außerdem steckte in meiner Nase eine Mandel (komplett mit Schale, also ziemlich groß).

II

**Früher habe
ich von Liebe
geträumt,
jetzt träume ich
nur noch von
ausreichend
Geld.**

Technik I

Also
ich bin jetzt gerade
in diesem Moment
aus der Arbeit rausgegangen
und fahre aber nicht gleich nach Hause, sondern
will noch in die Stadt und will
vorher auch noch zum Handyladen, wo seit drei
Wochen mein Handy zur Reparatur liegt,
und, ähm, ich weiß nicht, ob ich dir das
erzählt hab –
Es ist ja nicht nur mein Handy, sondern auch mein
Computer kaputt,
und mein Leihhandy,
das ich die letzten drei Wochen benutzt habe,
ist HEUTE runtergefallen und AUCH kaputt-
gegangen.
Und ich hoffe jetzt einfach, dass der Scheiß
versichert ist.
Dass alles gut wird und ich jetzt nicht irgendwie …
auch noch Hunderte von Euro für ein
heruntergeworfenes Leihhandy bezahlen
muss.
Haaa … ja.

Eigentlich wollte ich mich nämlich nach der Arbeit
in ein Café setzen und einen Kaffee trinken
und ein bisschen lesen.
Ähm.
Und das werde ich auch noch machen, glaube ich.
Ja.
Erst fahre ich in den Handyladen und dann ...
belohne ich mich für meine finanziellen Desaster
mit einem Stück Kuchen irgendwo.

Was alles passieren kann

Ich denke oft an den Tod. An meinen eigenen, um ehrlich zu sein. Ich stelle mir vor, wie alle verzweifelt an meinem Grab stehen und Sachen sagen wie „Unsere Lenny – sie war so lustig und noch so gut und hatte so weiche Haut." Ohnmächtig werden sie einander festhalten, und nur wer Kraft hat – Nadja wahrscheinlich – schafft es noch, niederzuknien und eine rosa Rose zärtlich auf dem Sargdeckel abzulegen. Nicht zu werfen, um mir nicht wehzutun. Wobei ich Nadja ein beleidigtes Schmeißen durchaus zutrauen würde – immerhin hätte ich unseren Pakt gebrochen, der, wenn auch unausgesprochen, darin besteht, dass wir einander weder alleine lassen noch dramatisch die Show stehlen dürfen.

Viel wahrscheinlicher ist allerdings, dass niemand über meine Haut sprechen wird oder darüber, wie gut ich gerochen habe, weil das als pietätlos erscheint, als weniger wichtig angesichts dessen, was sonst noch alles verloren ging. Oder vielleicht ist es weniger Pietät, die die Leute davon abhält, von Duft und Weichheit zu schwärmen, sondern eher die Tatsache, dass diese Dinge für die, die sie kennen, etwas Privates sind.

Eine Erfahrung, die man selten bespricht. Ich verstehe das, aber es macht mir auch Sorgen; schließlich ist der Körper ja das, was mit dem Tod tatsächlich abhandenkommt, während die Dinge, die man gesagt hat, und wie man aussah, in verschiedenen Formen erhalten bleiben. Verstreut und vereinzelt, ja, aber doch: Eine Rekonstruktion ist immerhin möglich. Nur die atmende, klopfende Wärme ist weg und auch die Möglichkeit, dabei zu sein und zu widersprechen.

Ich muss auch selbst immer weinen, wenn ich an meine Beerdigung denke, weil ich nicht weiß, wer sie organisieren wird. Ich befürchte, dass sich einfach niemand dafür verantwortlich fühlen könnte. „Wirst du meine Beerdigung organisieren?“, frage ich Nadja deswegen auch gar nicht erst, weil es zu schlimm wäre, wenn sie nein sagen würde. Nadja hat haufenweise Beerdigungen, die sie, im Fall der Fälle, organisieren muss, weil sie nun mal diese unglaubliche Kompetenz ausstrahlt – ihre Mutter erwartet es von ihr, ihre Exfreunde und aktuellen Liebhaber:innen, und da kann ich mich nur hinten anstellen und hoffen, dass ein Krümelchen Erde für mich abfallen wird.

Ich rufe sie am Abend aber dennoch an, weil ich es nicht aushalten kann, ihr diese Frage nicht zu stellen. Ich kann es nicht aushalten, nicht zu wissen, ob Nadja sich der Tatsache bewusst ist, dass wir jederzeit sterben könnten und uns vom Tod nur der Zufall trennt. Ich sitze, als ich sie anrufe, auf dem Fensterbrett und schaue hinunter in den gepflasterten Hof, da wird man sich dieser Tatsache ganz besonders bewusst. Zum Glück ist es nur ein Stockwerk, das mich von den Steinplatten trennt, sonst hätte ich in diese Wohnung überhaupt gar nicht einziehen können.

„Du spinnst“, sagt Nadja wie gehofft und erwartet, als ich ihr von meinen Bedenken erzähle, „es ist in deiner Lebenssituation viel wahrscheinlicher, nicht zu sterben, als zu sterben. Wie kommst du denn jetzt auf einmal darauf? Hast du schon wieder irgendwelche Symptome gegoogelt?“

Nadja ist Biologin und hat zu allen Dingen eine sehr sachliche Haltung. Ich denke, dass auch ich zu den meisten Dingen eine sehr sachliche Haltung habe, aber ich habe eben auch sehr viel Angst und neige dazu, mich in Dinge hineinzusteigern. Andererseits frage ich mich auch, ob nicht eben genau das eine sehr sachliche Haltung ist: vor den allermeisten Dingen Angst zu haben. Denn wenn man sich mal überlegt, was alles passieren kann, dann ist es eigentlich ein Wunder, dass die meisten Leute so unbeschwert durch den Tag laufen, als könne er nicht jede Sekunde vorbei sein.

„Ich habe keine Symptome gegoogelt", erkläre ich Nadja, „mir fällt nur ab und zu ein, wie unwahrscheinlich es ist, nicht zu sterben, und das macht mir dann Sorgen, weil man ja nie genau weiß, wann und aus welchem Grund es passieren wird. Und ich weiß auch gar nicht, ob das helfen würde."

„Null würde das helfen", nuschelt Nadja, die sich wahrscheinlich gerade eine Zigarette dreht und zu diesem Zweck den Filter zwischen ihre Lippen geklemmt hat, „das wäre ja ein wahnsinnig stressiges Leben, weil man noch mehr das Gefühl hätte, alles schaffen zu müssen, als so, wo man sich zumindest in der Illusion wiegt, ewig Zeit zu haben."

Was diese Illusion angeht, muss ich allerdings sagen, dass ich mich in der eher nicht wiege. Ich habe im Gegenteil ständig die Befürchtung, keine Zeit mehr zu haben für alles, was ich gern noch erleben würde. Manche Menschen stachelt eine solche Befürchtung sicher zu Höchstleistungen an oder dazu, sich in alle ihnen bietenden Abenteuer zu stürzen. Aber zu diesen Menschen gehöre ich nicht. Aus meiner Sicht wäre ein solches Verhalten eher kontraproduktiv, weil man ja nie weiß, ob man das Abenteuer unbeschadet überstehen und ob es den Energieaufwand, den man betrieben hat, am Ende überhaupt wert gewesen sein wird. Vielleicht schlägt man aus Versehen einen Pfad ein, der sich zu spät erst als falsch herausstellt, als einer, den man lieber hätte nicht einschlagen sollen, und dann hat man bereits sein ganzes Leben darauf aufgebaut und viele Jahre verloren, die einem jetzt fehlen, um endlich alles richtig zu machen und mit dem, was man macht, zufrieden zu sein.

„Hast du schon mal versucht, an Wiedergeburt zu glauben?“, frage ich Nadja, und überraschenderweise macht sie keine spitze Bemerkung, sondern sagt: „Klar, das wäre doch schön. Einfach mehrere Chancen zu haben. Man müsste halt nur seine Erfahrungen mitnehmen können, sonst hätte das ganze Draus-Lernen ja nichts gebracht.“
„Aber dann“, wende ich ein, „würde man doch gar nicht wirklich von vorne anfangen. Man wäre voreingenommen gegenüber der Welt.“
„Vielleicht wäre das das geringere Übel. Im Übrigen ist das jetzt schon so, auch Wissen und Körpererinnerung wird in gewissem Maße vererbt –“
„Epigenetik!“, falle ich ihr ins Wort, denn Nadja mag zwar in Biologie promovieren, aber ich gucke viele Naturdokus.
„Genau. Das sind dann halt nicht deine eigenen Erfahrungen, sondern die der Generationen vor dir. Und da wären mir meine eigenen gegebenenfalls lieber.“
„Aber dann würdest du ja immer nur aus dir selbst bestehen“, gebe ich zu

bedenken. „Über Jahrtausende hinweg, selbst als Koala oder Begonie oder als was auch immer man zufällig zur Welt kommt. Also, ich weiß nicht ...“ Nadja lacht. „Ich fürchte, wir müssen uns angesichts der ökologischen Situation, in die wir uns reinmanövriert haben, eh keine allzu großen Gedanken darüber machen, als was wir in 1.000 Jahren wiedergeboren werden. Und über das, was dann kommt, müssen wir ein andermal sprechen – ich habe nämlich gleich noch ein Date. Carpe diem, sage ich nur!“

Nadja hat in letzter Zeit sehr oft gleich noch ein Date, und ich frage mich wirklich, wie sie das macht. Nicht, die Dates zu bekommen, das ist naheliegend, sondern eher, immer weiter welche zu wollen, sowohl mit derselben als auch mit verschiedenen anderen, neuen Personen, die sie doch überhaupt gar nicht kennt. Für mich ist Dating eher ein Mittel zum Zweck. Ich möchte einfach nur eine Person finden, die so gut zu mir passt, dass ich mich in ihrer Gegenwart nicht andauernd unwohl fühle, und das möglichst schnell und unkompliziert. Jemand, der nur liebevoll über mich lacht und den Geruch meiner Haut mag und sagt, sie sei weich, auch wenn sie das gar nicht ist. Denn ich habe eigentlich sehr trockene Haut und oft schuppige Stellen, und seit alle, die ich kenne, sich abgewöhnt haben, sich zur Begrüßung zu umarmen, ist es noch schlimmer geworden. Nadja fürchtet den Tod viel weniger als die Leere, mit der ich mich so bereitwillig umgebe, und hat offenbar trotzdem auch vor der keine Angst. Allerdings – sobald Nadja da ist, ist es die Leere üblicherweise nicht mehr.

„Ihr wärt so ein tolles Paar", meinte mein Bruder neulich am Telefon, und das nicht zum ersten Mal, „so schade, dass Nadja hetero ist!" Ich verzichtete darauf, ihn darüber aufzuklären, dass Nadja mitnichten nur hetero ist, sondern im Gegenteil seit geraumer Zeit fast ausschließlich Frauen und andere Nicht-Männer datet, was ich ihr zugegebenermaßen noch immer ein klein wenig übel nehme. Früher hat sie sich niemals mit Frauen getroffen, und jetzt plötzlich tut sie's und erzählt ununterbrochen davon, wie toll alles ist, als hätte sie diese tolle Entdeckung nicht schon viel, viel früher machen können.

Stattdessen erklärte ich meinem Bruder, dass Nadja und ich überhaupt kein tolles Paar wären, erstens, weil wir uns schon viel zu lange kennen, und zweitens, weil Nadja nie irgendwas wegräume und ständig alle Schubladen offen stehen lasse, und dass man, wenn man mit Nadja lebe, alles, was man irgendwohin gelegt habe, woanders wiederfände oder gar nicht, was mir vor allem in Bezug auf ihre Vogelspinne Sorgen bereite.
„Aber die lebt doch in einem Käfig",

versuchte mein Bruder mich zu beruhigen, „Terrarium heißt das!“ „Eben.“ Aber das war mir egal. „Wenn ich eine Spinne wäre, würde ich aus dem Käfig hinausklettern wollen“, setzte ich an, fragte mich allerdings gleich, ob ich als Spinne wirklich bereit dazu wäre, aus dem Käfig zu klettern, oder nicht im Gegenteil vollends zufrieden mit der Situation, solange mir Nadja nur regelmäßig getrocknete Heuschrecken durch die Futterluke schieben und genug Erde bereithalten würde, in die ich mich eingraben könnte. Vielleicht hatten die Vogelspinne und ich mehr gemeinsam, als mir bewusst gewesen war, was allerdings nichts daran änderte, dass ich mich vor ihr fürchtete. „Verstehe schon“, seufzte mein Bruder und fügte hinzu: „Aber pass auf, dass du dich nicht vor der Liebe fürchtest, man muss sie ergreifen, wo sie sich ergibt.“ Ich hätte ihm echt eine reinhauen können.

Ich glaube im Übrigen, dass er sich auch nur deshalb plötzlich für mein Liebesleben interessiert, weil seines ihn neuerdings so sehr einnimmt, dass er unseren Telefontermin schon zweimal verschieben musste. Er datet neuerdings nämlich nicht mehr nur Mechthild, sondern auch noch Rainer, ihren Mann, und so sehr ich mich für alle Beteiligten freue, dass es bei ihnen offenbar so gut läuft, fände ich es doch irgendwie besser, wenn die Leute sich nicht so skrupellos mit Liebhaber:innen eindecken würden, sondern vielleicht einfach auch noch welche für diejenigen übrig ließen, die gar keine haben. „Du verstehst das völlig falsch", versuchte mir mein Bruder das Konzept zu erklären, „die Liebe wird ja nicht weniger, wenn man sie teilt, sondern mehr! Du denkst da viel zu materialistisch." Ich hatte keine Lust, ihm zu widersprechen, weil das Einzige, was ich hätte erwidern können, gewesen wäre, dass bei mir halt schon weniger Liebe ankäme, seit er so wahnsinnig eingebunden sei in sein neues Beziehungsgeflecht, und dann wäre er defensiv geworden und hätte gesagt, ich sei erstens erwachsen und kein Baby, das rund um die Uhr Betreuung brauche, und könne zweitens jederzeit vorbeikommen, er habe mich schon mehrfach eingeladen, aber darauf ginge ich ja nie ein und langsam wisse er auch nicht mehr weiter. Ja, und da hätte ich dann ebenfalls nicht mehr weitergewusst, weswegen ich letztlich nur sagte, dass er den Begriff „materialistisch" vollkommen falsch verwende.

„Mein Leben kommt mir manchmal vor wie ein Zalando-Paket, das ich nicht bestellt habe", schreibe ich später am Abend an Nadja, „Ich mache es auf und probiere alles an, und nichts passt mir, alles ist ein bisschen zu groß oder zu klein, zwickt und schlabbert, und ich kann mich in nichts gut bewegen. Ich weiß, dass die Klamotten in Ordnung sind und dass ich es sein muss, die falsch ist. Am liebsten würde ich das Paket zurückschicken, aber es ist nun mal an mich adressiert und ich muss es behalten. Also packe ich alles wieder ein und lege das Paket in die Ecke, in der Hoffnung, dass sich das Problem dadurch löst.“

Natürlich schicke ich die Nachricht nicht ab. Ich lösche sie ganz von meinem Handy, bereue es aber Minuten später bereits. Das war wahrscheinlich das Beste, was ich jemals gedacht habe, und jetzt ist es weg und ich frage mich, ob mir jemals wieder irgendetwas Gutes einfallen wird.

„Weißt du, was der bescheuertste Ratschlag der Welt ist?“, schreibe ich Nadja stattdessen, „Jeden Tag so zu leben, als ob es der letzte sei. Stell dir das mal ernsthaft vor.“ „Haha, stimmt“, antwortet Nadja nur kurze Zeit später. Entweder ist ihr Date schon vorbei, oder sie schreibt mir einfach trotzdem, während irgendein schönes Wesen neben ihr wahrscheinlich gerade halbnackt einen Joint baut. „Man könnte sich gar nicht mehr ausführlich streiten. Ständig müsste man sich vorm Ins-Bett-Gehen versöhnen und ins Testament schreiben, wer alles erben soll.“

Ich finde die Idee, sich vorm Ins-Bett-Gehen zu versöhnen, eigentlich ganz gut, schreibe aber nur: „Ich weiß nicht, was du mit

‚alles‘ meinst, verschweigst du mir einen Lottogewinn?“ Nadja ist zu entspannt für eine Uni-Karriere, auch wenn sie die jederzeit haben könnte, und ich jobbe schon viel zu lange in diesem netten, kleinen Bioladen, in dem ich selbst gar nicht einkaufen kann, weil man für 20 Euro hier nur drei Dinge bekommt. „Jedenfalls“, füge ich hinzu, „würde ich deine Beerdigung organisieren, falls es irgendwann so weit kommen sollte.“

„Davon gehe ich aus“, folgt kurz darauf Nadjas Antwort. „Aber ich bin eh der Überzeugung, dass ich unsterblich bin, und wenn ich es bin, dann bist du es mit Sicherheit auch.“

Ich bin auf einer Sexparty in einem ehemaligen Schwimmbad. Eine sympathisch wirkende Frau, die am Beckenrand auf einem Tapeziertisch chillt, winkt mich zu sich und fragt, ob ich Lust hätte, mit ihr und einer ebenfalls anwesenden, vollständigen Fußballmannschaft ein wenig „Spaß" zu haben. Ich sage, ja klar, nichts lieber als das, und es beginnt eine heitere Orgie. Alle schreien und stöhnen und haben offensichtlich die Zeit ihres Lebens. Ich würde auch gerne kommen, befürchte aber, dass das nicht klappen wird, weil ich überhaupt nicht mehr an Sex gewöhnt bin. Mittendrin merke ich dann auf einmal, dass irgendetwas nicht stimmt. Ich bitte den Typen, mit dem ich gerade zugange bin, seinen Schwanz wieder rauszuziehen, und stelle fest: Er hat kein

Kondom übergezogen, sondern eine Butterbrottüte. Ich werde wütend, kriege Panik, das schützt doch vor nichts, und nehme die Butterbrottüte als Beweismittel an mich. Ab dem Zeitpunkt sind die Fußballer verschwunden und ich unterhalte mich am Beckenrand mit zwei Frauen über den Vorfall. Sie sind mitfühlend, scheinen aber nicht sonderlich überrascht zu sein und erzählen mir, dass man so etwas bei der Schwimmbad-Leitung melden könne und dass es bei anderen Sexpartys auch schon Fälle gegeben hätte, wo Männer für derlei Verhalten öffentlich geshamed worden seien, und zwar, indem man sie gezwungen habe, orangefarbene Warnwesten zu tragen. So, wie man eine Warnweste anzöge, wenn man einen Verkehrsunfall gehabt habe. Während ich noch darüber nachdenke, ob ich diese Analogie passend finde oder nicht, verschwinden auch die Frauen und das Schwimmbad beginnt, sich in seine Einzelteile zurückzuentwickeln. Ich denke, ich werde wohl die Pille danach nehmen müssen, dann wache ich enttäuscht und traurig auf.

Ich zieh diese Nacht von der Steuer ab

Einnahmen-Überschussrechnung des Herzens
Ohne die ich überhaupt gar nicht arbeiten könnte
Ein Fühlüberschuss, dieses Jahr zwei, drei
Gewinne
Wozu dieser Traum zählt, wird sich noch zeigen:
Immerhin lag ich nackt im Bett.

Liebe, Existenz & Altersvorsorge

Ich bin aus Versehen in ein Existenzgründungsseminar hineingeraten. Eigentlich dachte ich, es handle sich um ein Existenz*er*gründungsseminar und war schon ganz überrascht davon, dass das Arbeitsamt mir das so ohne Rückfragen finanziert. Dann wiederum erschien es mir ganz logisch. Ein Amt, das Arbeit verwaltet, tut gut daran, Leute zur Ergründung ihrer Existenz, also der Frage nach dem Sinn und Zweck ihres eigenen Daseins, aus voller Kraft zu unterstützen. Immerhin nimmt Arbeit einen immens großen Teil der Lebenszeit ein, da sollte man schon gut überlegen, wie man die nutzt.

Als ich dann aber Maik gegenübersitze, der das Seminar leitet, dräut mir, dass wir unter Existenz offenbar nicht dasselbe verstehen. Es geht schon auch um den Sinn des Lebens, aber der soll hier nicht ernsthaft ergründet werden, sondern steht zumindest für Maik schon von Anfang an fest: sich totarbeiten bis zur Rente und am besten noch darüber hinaus.
Bei unserer ersten Sitzung, bei der mir Maik eigentlich den Unterschied zwi-

schen privater und gesetzlicher Krankenversicherung erklären sollte, hat er mir ca. 30 Minuten lang dargelegt, dass alles zu 99,9 Prozent Energie, das heißt Schwingung ist und der Körper eine Maschine, deren Funktionsweise man nur ausreichend gut kennen und steuern können müsse, um 100 Prozent gesund und unfallfrei 120 Jahre alt zu werden. Einen Tag zuvor hatte mir seine Kollegin Diana die Kraft der Liebe gepredigt, und zwar der Liebe zu meiner Arbeit, beziehungsweise: meiner Geschäftsidee. Während sie über die Liebe sprach, wirkte Diana in etwa so gelassen und entspannt wie ein Flummi. Auf meine Frage, wann sie Zeit zum Schlafen habe, lachte sie nur. Die Frage war aber ernst gemeint.

Heute ging es um das Thema Altersvorsorge. Maik hat eine Lösung für das Problem, dass das mit der Rente für unsere Generation wahrscheinlich nicht mehr hinhauen wird, weil es mehr Alte als Junge gibt, die in die Rentenkasse einzahlen. Die Lösung lautet: Arbeiten, bis man stirbt. Das funktioniert, indem man sich genau die Arbeit sucht, die man wirklich machen will, für die man brennt, die also eigentlich gar keine Arbeit ist. „Die beste Altersvorsorge sind deine Fähigkeiten“, erklärt er, und an der Stelle habe ich einen kurzen Blackout, weil ich schon ahne, was das bedeutet: dass die beste Altersvorsorge die ist, keine zu brauchen, weil man als gesundes, fittes Arbeitstier eh bis zum Ende durchballert. „... Und deswegen verdient ein Profifußballer auch mehr als eine Krankenschwester“, beendet Maik seine Ausführungen, „weil der Menschen beeinflussen kann.“ Die Überleitung hierzu habe ich leider verpasst, stimme Maik aber grundsätzlich darin zu, dass Einfluss und Geld häufig miteinander einhergehen. Nur: Warum das mit der Liebe und den Fähigkeiten im Falle der Krankenschwester plötzlich doch nicht mehr ausreicht, verstehe ich nicht. „Okay“, sage ich, „aber was, wenn ich irgendwann mit 80 (bewusst hoch angesetzt, damit Maik mich nicht für faul hält) nicht mehr meine Fähigkeiten verkaufen, sondern entspannt auf meiner Veranda sitzen und ein Buch lesen will?“ Das, erklärt Maik, sei das total falsche Mindset. Die meisten Menschen schöben das, was sie eigentlich machen möchten, immer auf, in die Zukunft, statt einfach jetzt schon damit zu beginnen. Und deswegen sei Arbeit für die dann immer auch anstrengend und eine Qual, was aber überhaupt gar nicht so sein müsse. Kurz frage ich mich, ob er recht haben könnte: Vielleicht wär’s ja möglich, eine Form zu finden, innerhalb derer ich dafür bezahlt werde, auf meiner Veranda sitzend Bücher zu lesen. Einfach so! Ungestört, alleine und ohne dass dabei am Ende irgendein Produkt entsteht. Aber dafür bräuchte ich halt erst mal eine Veranda.

„Alles im Leben ist Verkauf“, erklärt Maik nun weiter, „sei es mit Kunden oder in Liebesbeziehungen. Wer sich verkaufen kann, hat Erfolg. Wer das nicht kann, wird scheitern.“ Dass er diese Logik als Freiheit versteht – er strahlt – und nicht als schiere Brutalität, kann ich mir nur dadurch erklären, dass er bisher Glück gehabt haben muss, was die Verkaufbarkeit seiner Ware angeht. Er sieht auch ganz hübsch aus mit seinen Muskeln und Knopfaugen und seinem gebügelten Shirt, wie jemand, der jeden Tag sehr früh aufsteht und sich einen Smoothie mixt. Ich gönne ihm das, mache mir aber auch ein bisschen Sorgen um ihn. Was, wenn er krank wird oder ganz einfach alt, normal, wie das eben so ist? Er wird es als persönliches Versagen empfinden. Immerhin teile ich seine Einschätzung, dass die Organisation von Arbeit als Quälerei bis zur Rente nicht das beste Modell ist. Zumal, wenn es für die meisten von uns gar keine Rente gibt.

In der Nacht darauf träume ich, bei meiner Tante Biggi und ihrem Mann Holger stünde ein Leihfahrrad von einem Zoo oder einer ähnlichen Institution, das ich 2011 mal ausgeliehen hatte, um von dort zu ihnen zu kommen. Nun wollten Biggi und Holger – wenngleich sie wirklich versuchten, keinen Druck auszuüben –, dass ich das Fahrrad zurückbringe, zum einen, weil sie gerade dabei waren, den Keller auszumisten, zum anderen aber auch wegen der Leihgebühren. Auf einer Preisliste konnte man nämlich sehen, wie hoch diese im Laufe der Jahre angewachsen waren; nach zwölf Jahren, also jetzt, waren es bereits über 1.000 Euro. Die hatte ich natürlich nicht und überlegte zuerst, das Geld unter allen Beteiligten aufzuteilen, auch wenn es außer mir gar keine Beteiligten gab, und dann, ob man nicht warten könne, bis 13 Jahre rum wären, weil das Fahrrad dann offiziell als verloren gelten würde. Schließlich erschien es mir am Sinnvollsten, dass jemand, der nicht involviert war, das Rad zurückbringen und behaupten solle, er habe es gerade erst in seinem Garten oder am Wegesrand gefunden.

Später, nachdem ich gegen 5:30 Uhr schon mal wach geworden war, löste sich das Problem dann auf ganz andere Weise, nämlich so, dass das Fahrrad eigentlich ein Lebewesen war, eine Katze oder ein Kleinkind, dem ein Stück fehlte (vom Arm oder Schwanz), das inzwischen aber von selbst wieder nachgewachsen war, weswegen ich es ganz unkompliziert zurückgeben konnte, ohne ein Bußgeld befürchten zu müssen.

Muscheln

Im Traum entdecke ich zuerst kleine Parasiten, Milben oder Läuse, und deren Eier in meinen Schamhaaren, später dann, mithilfe eines Spiegels, dass sich dort Muscheln angesiedelt haben, in etwa so, wie sie an der Ostsee sich in Massen an den Steinen festsetzen. Braune, scharfkantige Muscheln, die immer mehr Platz einnehmen und schwer zwischen meinen Beinen hängen, sodass ich mich frage, wie B. da zuletzt überhaupt rangekommen ist. Zusammen mit meiner Mutter stehe ich vor einem Arztzimmer und warte (die Ärztinnen sind Nonnen), aber niemand kommt. Ich mache mir Sorgen, wie ich die Muscheln jemals wieder loswerden soll, und bin erleichtert, als ich aufwache und untenrum alles frei ist.

Schade,

dass meine Angst, etwas Neues anzufangen, und meine Angst, irgendetwas zu Ende zu bringen, sich nicht gegenseitig aufheben.

III

In
Schriftgröße 125
kamen
mir meine
Leistungen auf
einmal
beachtlich
vor.

Kommen und Gehen

Karow ist zu Besuch. Er hat die Angewohnheit, immer dann vorbeizukommen, wenn ich gerade doll meine Tage habe. Nicht, dass er schon wahnsinnig oft vorbeigekommen wäre – es ist genau genommen erst das zweite Mal. Aber zweimal hintereinander und überhaupt zum zweiten Mal mit jemandem Sex zu haben, während ich darüber nachdenke, ob das Pornostarschwämmchen, das ich so tief in mich reingeschoben habe, dass ich bezweifle, es je wieder rauszubekommen, auch wirklich dichthält, ist mindestens einmal zu viel. Gleichzeitig kann ich es mir gerade aber überhaupt nicht erlauben, auf Gelegenheiten zum Sex zu verzichten. Es ist ein ständiges Abwägen, bei dem im Moment eigentlich recht zuverlässig immer der Sex gewinnt. Er ist wie ein alter Freund, der einem nicht guttut, den man aber dennoch nicht loswerden kann. Nicht, dass ich Sex faktisch loswerden wollen würde. Aber diese Art von Sex irgendwie schon. Sex nach dem Zeitplan von Karow. Erst kommt er zu spät, dann komme ich gar nicht, weil ich mich überhaupt nicht entspannen kann, wenn jemand nebenher auf die Uhr schielt. Denn Karow hat's eilig. Er muss zu seiner Kunst, seiner Arbeit, seinem wichtigen

Leben, von dem ich mir ruhig mal eine Scheibe abschneiden könnte, wenn er denn lang genug stillhalten würde. Ich habe aber nicht mal ein scharfes Messer.

Karow besitzt mit Sicherheit mehrere scharfe Messer, denn er ist Koch. Beziehungsweise er ist Künstler, Maler, Musiker, kann aber auch irgendwie kochen und hat vor Kurzem eine Bar aufgemacht, die unter der Hand läuft und auch so heißt: „Unter der Hand". Jeden Mittwoch bis Freitag von 22 bis 0 Uhr macht er auf, und wenn man Glück hat, gibt es Essen. Das Essen ist, soweit ich das beurteilen kann, gut. Man weiß nie, was man bekommt, auch dann noch nicht, wenn es vor einem steht, aber es schmeckt lecker und alle sind ganz glücklich und aufgeregt angesichts dieser existenziellen Erfahrung. Hin und wieder macht Karow auch nicht auf, dann hängt er 15 Minuten nach Beginn der eigentlichen Öffnungszeit ein Schild raus, auf dem so etwas wie „Heute wegen Existenzangst geschlossen" steht, und alle sind mitfühlend und sagen, krass, ja, das kenn ich, und holen sich im Späti ein Bier. Zumindest vermute ich, dass es so ist, denn ich war bisher nur einmal da. Karow balancierte volle Teller durch den kleinen Raum, las am Tresen lehnend mit hochgeschobener Brille in einem etymologischen Wörterbuch und brachte allen Gästen zum Nachtisch eine Zigarette und einen

Teelöffel sehr guter Vanillecreme, und ich konnte nicht anders, als ihm den ganzen Abend lang unauffällig mit meinen Blicken zu folgen. So unauffällig, dass Melissa, mit der ich verabredet war und die mir gerade von der Einschläferung ihres Hundes erzählte, nichts davon mitbekam. Aber nicht so unauffällig, dass Karow nichts davon mitbekam, der mich später an der Tür zum Hausflur, wo sich die Außentoilette befand, abfing und fragte, ob alles okay sei, ich hätte ihn den ganzen Abend so angeschaut, und falls mir das Essen nicht schmecke, solle ich das ruhig einfach sagen, er sei noch am Lernen und freue sich immer über Feedback. Ich habe dich gar nicht angeschaut, sagte ich, mir war nur schlecht, worauf Karows Gesicht einen furchtbar betrübten Ausdruck bekam und ich ihn aus einer Eingebung heraus küsste. Diese drei, vier Minuten Sprechen und Küssen waren wahrscheinlich die schönsten, die wir hatten. Eine Liebe hätte entstehen können, so rein und vanillig wie der Pudding, den Karow uns als Spezialität verkaufte, so solide und horizonterweiternd wie ein etymologisches Wörterbuch, das mit zärtlichen Fingern geblättert wird. Eine Liebe, die zugleich eine Freundschaft wäre, zueinander und zur Welt, und an den Tagen, an denen Karow an Existenzangst litt, hätte ich das „Unter der Hand" für ihn aufgemacht und alle dazu einladen können, sich Pizza zu bestellen, Risotto oder Burritos, und falls jemand Pasta hätte haben wollen, hätte ich mit traurigen Augen gesagt, dass das leider nicht gehe und dass die betreffende Person bitte selbst herausfinden solle, warum.

Aber kaum, dass Karow begriffen hatte, dass mir an diesem Abend gar nicht übel gewesen war, sondern ich ihm nur belämmert hinterhergestarrt hatte, weil ich ihn heiß fand, wendete sich das Blatt und das Verheißungsvolle zwischen uns schrumpfte zusammen auf etwas, das ich nicht wirklich benennen kann. Es fühlt sich jedenfalls nicht so an, als wären wir Freund:innen oder Liebhaber:innen, sondern eher wie Basketball: Man dribbelt umeinander herum und versucht, am andren vorbei einen Korb zu werfen. Ich habe ihm inzwischen erklärt, dass er nicht auf die Uhr schauen soll, worauf er sagte, er habe gar nicht gemerkt, dass er das tue, und sich für das Feedback bedankte. Seitdem tut er es tatsächlich nicht mehr und fragt mich, was ich will, und hin und wieder fällt mir in der Tat etwas ein. Nur, dass ich mich gern mal im Voraus verabreden wollen würde, teile ich ihm nicht mit, und auch so manches andere nicht, von dem ich befürchte, es könnte ihn womöglich verschrecken. So bekomme ich, was ich will, und bekomme es gleichzeitig nicht. Das ist schön, so bleibt's spannend, und man weiß, genau wie in Karows Lokal, jedes Mal aufs Neue wieder nicht, ob man satt werden wird oder nicht, ob sich das Warten gelohnt hat oder man lieber zu warten aufgehört und sich etwas anderem zugewandt hätte, und ich weiß nicht, wie es anderen geht, aber ich gehöre zu den Leuten, die das unbedingt brauchen, um zu merken, dass sie denkende, fühlende Wesen sind.

Seit ich mich mit Karow treffe, bin ich unglücklicher. Zuerst für einen kurzen Moment glücklich, dann unglücklich; oder etwas, das daran erinnert. Ich denke, ich sollte aufhören, mich mit Karow zu treffen, das wäre folgerichtig. Es macht mich nicht glücklich, also treff ich ihn nicht. Aber dann fällt mir ein, dass ich, auch bevor ich mich mit ihm traf, bereits unglücklich war. Die vorherige Form des Unglücks war die einer allumfassenden Unerfülltheit. Die jetzige ist eher die einer konkreten Unerfülltheit. Oder ist es eigentlich umgekehrt? Ist die Entscheidung zwischen verschiedenen Formen von Unglück vielleicht die einzige, die man hat? Oder du wartest einfach, bis du mal jemanden findest, der einigermaßen verlässlich ist und dich nicht immer im Unklaren lässt, schlägt Nadja vor. Sie hat ganz offensichtlich zu viel Yoga gemacht in letzter Zeit, oder zu intensiv an ihrem Duftöl geschnuppert, wie sonst könnte sie so locker behaupten, dass alles viel weniger schwer sei, als es in Wirklichkeit ist.

Als Nadja und ich dieses Gespräch führen, sitzen wir in ihrer WG-Küche und rauchen. Das heißt, Nadja raucht und ich knabbere an einem Stück Staudensellerie. Nicht, weil ich gesundheitsbewusst bin oder besonders gerne Sellerie esse, sondern weil ich auch gern etwas zu tun haben möchte, während Nadja cool im Stuhl lungernd an ihrer Kippe zieht. Ich habe mehrmals versucht, mit dem Rauchen anzufangen, aber es hat nie geklappt. Selbst Menthol- und Vanillegeschmack können nicht darüber hinwegtäuschen, dass das Zeug einfach ekelhaft schmeckt. Und da ich im Gegensatz zu Nadja relativ resistent gegen körperliche Süchte zu sein scheine – sie lebt von Kaffee, Zucker und Zigaretten, wirkt aber dennoch meist gesünder und ausgeglichener, als ich es in meinem gesamten bisherigen Leben je war –, habe ich es nie geschafft und ekele ich mich jedes Mal, wenn ich versuche, an einer Zigarette zu ziehen, aufs Neue zu Tode.

Nadja wohnt mit einem Paar zusammen, Vanessa und Vitali, die in ihrem Miteinander die größte Kälte ausstrahlen, die ich je zwischen zwei Menschen erlebt habe, die sich angeblich lieben. Es macht mich ungemein wütend, vielleicht auch, weil beide so tun, als ginge es dabei um etwas Politisches. Sie berühren sich nie, wenn andere Menschen dabei sind, als Zeichen ihrer Kritik an der bürgerlichen Liebesideologie.

Niemand soll merken, dass sie zusammen sind, niemand sie je für ein Paar halten, auch wenn sie seit fünf Jahren jede Nacht miteinander schlafen, und zwar nur miteinander, wenn ich Nadjas Berichten Glauben schenken darf. Diese Zurückhaltung führt vor allem dazu, dass sich ständig unschuldige Menschen in sie verlieben und sie dann verständnisvolle Gespräche mit den Betroffenen führen müssen. Und nachdem diese verständnisvollen Gespräche geführt wurden, haben Vanessa und Vitali dann fantastischen, ekstatischen, ja nahezu wahnsinnig machend guten Sex. Zumindest stelle ich mir das so vor. Ich sitze in der Küche und koche vor Wut.

Warum suchst du dir nicht einfach eine coole Frau, schlägt Nadja jetzt vor und drückt ihre Kippe aus, du könntest doch auch easy mit Frauen schlafen! Sie strahlt. Seit Nadja entdeckt hat, dass sie selbst am liebsten mit Frauen schlafen möchte, oder zumindest nicht mehr mit Männern, nutzt sie jede Gelegenheit, um mir und anderen dies als Lösung für allerlei Dating- oder auch Lebensprobleme zu präsentieren. Mit Frauen fehlt mir der süße Reiz der Unterdrückung, sage ich, weil mir nichts Besseres einfällt. Über Gleichheit in Liebesbeziehungen sei ich hinweg. Über Liebesbeziehungen ganz generell, weswegen es mich auch überhaupt nicht störe, dass die Sache mit Karow, von Nahem betrachtet, ziemlich ausschließlich nach seinen ungeschriebenen Regeln läuft, die ich nicht einmal kenne, weswegen ich ihnen auch nicht aktiv zustimmen kann.

Aber natürlich stimmt das nur halb. Die eigentliche, wirkliche Antwort wäre gewesen, dass ich jetzt eben Karow gut finde und mit ihm schlafen will und echt keine Ahnung habe, wer mir als nächstes gefallen wird, weil meine Libido nun einmal kein Computer ist, dem man Befehle erteilen kann. Es nervt mich nur ungemein, dass Nadja, was dieses Thema angeht, so furchtbar politisch ist.

Nadja hat den Witz offensichtlich nicht verstanden, denn sie schaut mich schweigend an, wie man jemanden anschaut, der ein tiefergehendes Problem hat. Einen Moment lang frage ich mich selbst, ob es sein kann, dass ich ein tiefergehendes Problem habe. Nämlich, dass ich Karow nicht sagen kann, was ich eigentlich will. Welche Regeln mir lieber wären, wenn es denn welche geben muss, weil ich vermute und befürchte, dass er dann das Weite sucht. Einfach, weil er diesen Dingen eine andere Bedeutung zumisst. Weil ihm das alles nicht wichtig ist. Weil er so wahnsinnig busy ist, dass er das kann, Dinge nicht wichtig nehmen. Auch wenn es eigentlich schlau wäre, an dieser Stelle ein bisschen engagierter zu sein. Und vielleicht kann ich ihm nicht

einmal wirklich sagen, worauf ich Lust habe. Weil es sein könnte, dass auch er auf das, worauf ich Lust habe, Lust hat, und dann würde es mir nicht mehr gehören. Dann wäre es auf einmal seine Phantasie oder, noch schlimmer, eine allgemeine, sich über unseren Köpfen vollziehende, die lange vor uns schon existierte, und ich nur noch eine Art ausführende Kraft, die Dinge tut, von denen wir beide glauben, dass ich sie tun soll.
Und vor allem kann ich das alles Nadja nicht sagen. Sie ist ja grundsätzlich sehr offen, aber seit sie nicht mehr mit Männern ins Bett geht und eine Menge feministische Theorie gelesen hat, ist sie in manchen Dingen recht streng geworden und würde wahrscheinlich sagen, dass ich mit meinem Verhalten das Patriarchat stütze. *Jede Unterdrückung, die nicht mit äußerem Zwang arbeitet, muss mit der Zustimmung der Beteiligten arbeiten*, höre ich sie schon sagen, Frigga Haug, solltest du auch echt mal lesen.

Früher war es lustiger, mit dir über Dating zu reden, sagt derweil die echte Nadja, die noch an meiner Unterdrückungs-Aussage hängt, während sie Wasser in den Wasserkocher füllt, du bist so sarkastisch geworden, das kenne ich gar nicht von dir. Und wenn dieser Karow dir nicht mal geben kann, was du brauchst, weil er offenbar vollkommen – sie verdreht die Augen – *männlich* durch die Welt brettert mit seinen ach-so-wichtigen Hobbys und seinem komischen Pseudo-Lokal ...

Bevor ich ihr widersprechen und die Sache aufklären kann, werden wir unterbrochen von Vanessa, die in die Küche schwebt. Ich sage schwebt, weil mir kein anderes Wort einfällt, das ihre Erscheinung beschreibt. In Wirklichkeit hat die Art und Weise, wie sie in die Küche kommt, nichts Schwebendes an sich, sondern ist, im Gegenteil, sowohl unüberhör- als auch unübersehbar. Unüberhörbar, weil sie beim Hereinkommen schreiend mit jemandem telefoniert, von dem ich nur vermuten kann, dass es sich um Vitali handelt – die hasserfüllte Enttäuschung einer Frau, die von einem Mann nicht bekommt, was sie braucht, ist universell erkennbar. Und unübersehbar ist sie, also Vanessa, weil sie so wahnsinnig gut aussieht. Kurz frage ich mich, ob meine Libido nicht eventuell doch ein Computer ist, dem man Befehle erteilen kann, zum Beispiel, sich jetzt voll in Vanessa verknallen, auch wenn das möglicherweise Komplikationen nach sich zöge, mit Vitali beispielsweise, von dem ich nur hoffen kann, dass Vanessa sich in eben diesem Moment dramatisch am Telefon von ihm trennt. Ich starre sie an und sie lächelt freundlich, entschuldigend, in Nadjas und meine Richtung, während sie mit Tränen in den Augen eine Tasse aus dem Küchenschrank holt, Tee aus einer Teedose in ein Beutelchen füllt und sich bei Nadja per Handzeichen und Augenbrauenheben versichert, ob es okay ist, wenn sie etwas von unserem soeben kochenden Wasser nimmt. Dann rauscht sie raus.

Wow, sage ich. Ja, sagt Nadja, so geht das gerade ständig. Dieser Mensch kennt echt keine Grenzen. Vitali?, frage ich. Nee, Quatsch, doch nicht Vitali! Vanessas Schwester, die sie für irgendein Projekt in ihrem Start-up angeheuert hat und jetzt ständig zu Unzeiten anruft, weil sie irgendwas von ihr will, das auf keinen Fall warten kann. Und Vanessa schafft es irgendwie nicht, einfach nicht ranzugehen. Ich gehe mal kurz nach ihr gucken, okay? Okay, sage ich und denke, dass ich lieber selber nach Vanessa gucken gehen würde. Was aber schwierig ist, weil wir uns so gut wie gar nicht kennen. Vitali und sie sind erst vor Kurzem in die WG eingezogen, in der Nadja seit Jahren schon wohnt. Mir ist die Wohnung immer schon ein kleines bisschen zu verstaubt und chaotisch gewesen, aber es gibt einen Balkon und eine gigantische Badewanne, in der Nadja die Hälfte der Zeit liegt und mit ihren Liebschaften chattet.

Was dieses Thema angeht, ist Nadja mir bis heute ein Mysterium. Manchmal passiert in ihrem Leben monate- oder gar jahrelang gar nichts an der erotisch-romantischen Front und es scheint sie kein bisschen zu stören;

nichts fehlt ihr, sie existiert einfach normal vor sich hin, trifft ihre Freund:innen, forscht ihre Forschung, spielt Computerspiele, Schach und Cello in ihrer Metalband, macht zweimal die Woche Sport und liest abends vorm Schlafengehen „Das Kapital". Dann, plötzlich, wie aus dem Nichts, lernt sie jemanden kennen. Oder anders gesagt: verfällt irgendwer ihr vollkommen, denn so ist es meistens. Nadja ist wie eine Blume voller Nektar, in die pelzige Hummeln, Bienen und Wespen völlig hilflos hineintaumeln. Denn meistens sind es tatsächlich gleich mehrere, direkt hintereinander oder auch parallel, und Nadja sammelt sie alle ein und verliebt sich in immer die Richtigen und schafft es trotz alldem noch, weiterhin zur Bandprobe zu gehen, zum Sport und zur Uni, weiter Schach zu spielen, zu zocken und Marx zu lesen. Nur für mich hat sie dann weniger Zeit.

Du hast ein völlig verzerrtes Bild von mir, meinte Nadja augenrollend, als ich ihr meine Theorie zu ihrer enormen Liebes- und zugleich Lebensfähigkeit irgendwann einmal darlegte, du weißt doch, dass ich mit meiner Diss nicht vorankomme. Und außerdem habe ich dann meistens für alles weniger Zeit, nicht nur für dich, wobei ich für dich eigentlich immer noch am meisten Zeit habe. Wir telefonieren doch jeden Tag.

Aber das meinte ich nicht. Ich meinte eher, dass Nadja, anders als ich, die Fähigkeit zur gedanklichen Weite besitzt. Eine Fähigkeit, die bedeutet, dass man sich nicht ständig an irgendetwas festhalten muss, seinen Geist nicht in der größtmöglichen Intensität verankern, um nicht im Strom der Gefühle und Informationen verloren zu gehen. Vielleicht liegt es daran, dass sie so viel kifft – Quatsch, Lenny, das ist doch nicht viel!, lacht Nadja hysterisch, Du Lämmchen! – oder daran, dass ihr die Liebe ganz generell nicht so viel ausmacht. Dass sie sie kommen und gehen lassen kann, anstatt ihr Kommen und Gehen zu fürchten. Zuerst das Gehen zu fürchten und dann das Kommen, weil das Kommen schon auf das Gehen verweist; weil nur, was irgendwann einmal gekommen ist, auch wieder gehen kann, und weil man genau das mit aller Macht und für alle Zeiten vermeiden will.

Die Feuchtigkeit Gottes

nachdem a die Erde erschuf
muss man sich einmal nur vollständig vorstellen:
so viel Liebe, so viel hungrige Hoffnung
klebrig und glitzernd am Kleidsaum
voll Ehrfurcht, all die gierige Freude
vor unsren Sünden rettet uns nur heiliger Spaß.

Was unsre Muttis durch Leben trug
bezeugen wir heute, amtlich
als amtlich bezeugte Vergangenheit
und tauchen noch einmal tief unsre Köpfe
in dieses schuldige Becken
liebliches Bad aus Gebeten
von denen uns eines zumindest galt.

Öffnen und Schließen:
Die Kirche ist leer.

In meinem Herzen trage ich 10 Rituale
für die kommende Zeit
10 Gründe für alles
10 Kerzen, 10 Anführungszeichen
10 heimliche Hoffnungen
und, *Glückwunsch zum Unbekannten*
Platz für jeden herrlichen Widerspruch.

Ich träume von E., der aus einem Dildo, den meine Professorin mir zu pädagogischen Zwecken umgebunden hat, Kakao trinken soll, es sich dann aber kurz vorher anders überlegt, angeblich, weil er vegan lebt. Ich weiß aber ganz genau, dass er in Wirklichkeit befürchtet, ich würde versuchen, ihn in eine Beziehung hinein zu tricksen, womit er möglicherweise recht hat.

D. aus Boston hat mich eingeladen zu einer Feier, nicht seiner, sondern der eines guten Freundes. Ich kenne den Freund bzw. dessen Partner nur flüchtig und bin mir die ganze Zeit nicht sicher, ob es sich bei der Einladung eventuell nur um eine mich gar nicht wirklich meinende Höflichkeitsgeste handeln könnte, auf die ich lieber nicht eingehen sollte, weil sie keine Sekunde lang ernst gemeint war. D. hat mir nicht angeboten, mich mit dem Auto mitzunehmen, also versuche ich selbst herauszufinden, wie ich zu dem Restaurant, in dem die Feier stattfindet, gelangen könnte. Ich habe kein mobiles Internet und kein WLAN, ich bin ja im Ausland, und als es mir schließlich doch gelingt, in Google Maps reinzukommen, scheint es, als finde die Feier in einem ganz anderen Bundesstaat statt: 15 Stunden Flug werden mir angezeigt, oder aber eine Stunde Fußweg alleine durch einen sehr dunklen Wald.

Sechzig Prozent

Es ist schon wieder Winter geworden, was mich einerseits freut – die Jahreszeiten funktionieren noch, und auch wir sind noch da –, aber andererseits ist das Einzige, was mich an einem Tag wie heute aus dem Bett kommen lässt, die Aussicht, mich in nicht allzu vielen Stunden wieder hineinzulegen. Das und meine Einkaufsliste. *Bodylotion, Badeschaum* steht in meiner Notizen-App, *Äpfel, Joghurt, Brotaufstrich*. Ich bin gleich ganz glücklich, als ich all diese Dinge am Nachmittag in meinen Einkaufskorb lege, weil ich mir schon vorstelle, wie unendlich weich meine Haut sein wird und wie gesund mein Frühstück, was für bahnbrechend gute Ideen ich haben werde auf Grundlage all dieser leckeren Nährstoffe, geistreiche Gespräche und heiße Knutschereien im Hausflur, und auch, weil ich beim Einkaufen unter Menschen komme. Die Person an der Kasse zum Beispiel ist so, so nett und lächelt so lieb und legt die Kiwi, die ich mir auch noch gegönnt habe, ganz vorsichtig neben das Joghurtglas. Dann bin ich kurz ganz unglücklich, als ich sehe, wie teuer das alles ist. Vielleicht sind Kiwis übertrieben, vielleicht auch Baden mit Badeöl aus dem Bioladen oder Baden ganz generell, aber das hieße auch, dass ich mir gar nichts mehr gönne, und wenn Sich-was-Gönnen das Einzige ist, was ich mir selbst noch einigermaßen einrichten kann, kann ich darauf nicht verzichten.

Es gibt Leute, die mit dieser Jahreszeit und überhaupt mit der Zeit etwas anfangen können. Die wissen im Juli schon, mit wem sie Silvester feiern, haben Pläne fürs Wochenende und basteln im Herbst mit den Nachbarskindern Kastanientiere. Manchmal bin ich diese Leute, und manchmal bin ich es nicht. Wenn ich es nicht bin, erscheint es mir, als hätte ich mit diesen Leuten überhaupt nichts zu tun. Ich fahre nach Hause und denke, nun könnte sich problemlos ein Loch auftun und dann wär ich weg. Einfach gelöscht, so wie man etwas löscht, was noch nicht optimal war, um noch mal von vorn zu beginnen. Dabei will ich überhaupt gar nicht weg sein. Ich weiß nur manchmal nicht, wie da sein geht, und habe mehr oder weniger dauerhaft das Gefühl, gegen eine Zähigkeit anzukämpfen, als habe sich zwischen mich und die Welt eine Decke gelegt und als müsste ich mich nur fallen lassen, um auf der weichen Matratze der Nichtexistenz zu landen. Irgendwo, wo ich wirklich keine Rolle mehr spiele und tatsächlich loslassen kann, entspannen, zur Ruhe kommen, statt immer auf etwas zu hoffen und nach etwas zu suchen, von dem ich gar nicht weiß, was es ist.

In solchen Momenten frage ich mich, ob ich nur aus Versehen hier gelandet bin und eigentlich woandershin gehöre, nicht so sehr in eine andere Stadt oder aufs Land oder auf einen anderen Kontinent, sondern eher in eine andere Dimension, in einen ganz unbekannten, anderen Lebensraum auf einem anderen Planeten. Oder vielleicht sollte ich ein Tier sein und in einem Rudel leben, in dem ich genau den Platz hätte, der zu mir passt. Ein Platz, der mir einfach von vornherein zusteht und den mir nie eine:r streitig macht. „Das ist Lennys Platz“, würden die Leute sagen, die Leute, mit denen ich Tiere meine, vielleicht Wölfe, bei denen man im Allgemeinen davon ausgeht, dass sie etwas von Rudeln verstehen. „Lenny hat die sehr wichtige Aufgabe, über die Sinnhaftigkeit unseres Rudeldaseins nachzudenken, und außerdem schält sie Kartoffeln. Bitte stört sie nicht bei der Arbeit.“ Und die Gastwölfe, die bei uns zu Besuch wären, würden freundlich nicken und anerkennen, welch wichtiger Teil des großen Ganzen ich wäre, und ich würde mich in meiner Hinterfragung des großen Ganzen sehr sicher fühlen, weil das große Ganze gleichzeitig eben trotzdem bestünde und der Zweifel ein elementarer Teil davon wäre.

Im Kollektiv aufgehen zu wollen, war noch nie eine gute Antwort auf existenzielle Probleme. Außerdem hast du wirklich eine Tendenz, die Natur zu romantisieren. Dass Nadja so etwas sagen würde, war natürlich klar. Nadja braucht kein Rudel oder denkt zumindest, sie bräuchte keins, weil sie ihren Platz nicht infrage stellt. Nadja ist in die Welt geplumpst, als hätte es in der Welt zuvor ein nadjaförmiges Loch gegeben, um das alle ganz traurig standen, bis sie endlich da war. Sie füllt dieses Loch, das nun keins mehr ist, mit Sorglosigkeit und Würde. Sie steht jeden Morgen auf, als wäre es nicht auch eine Option, einfach liegen zu bleiben, gerade so, als wartete die Welt auf sie. Manchmal sagt sie das sogar: Die Welt wartet auf mich. Und lächelt und strahlt und alle strahlen zurück, weil in dem, was sie sagt, keine Überheblichkeit liegt, sondern nur warme, kraftvolle Selbstsicherheit und ein Vertrauen darein, dass die Dinge schon passen. Dass sich alles schon irgendwie ausgehen wird.

Deswegen rede ich über solche Dinge auch gar nicht mehr mit Nadja, die es eh nicht verstehen und mit ihrer Kritik nur wieder recht haben würde. Stattdessen ist es nun Herr Flausche-Baum, mein Therapeut, der mir in einem Korbstuhl mit gefalteten Händen gegenübersitzt und Ruhe ausstrahlt. Ich nenne ihn immer „Herr Flauschebaum“, damit ich ihn weniger ernst nehmen muss.

Ich habe das Gefühl, ich lebe nur 60 Prozent meines eigentlichen Potenzials, erkläre ich Herrn Flauschebaum an diesem Donnerstagnachmittag, 60 Prozent, und ich weiß einfach nicht, wie ich die fehlenden 40 *unlocken* soll. Aufschließen, füge ich dann noch hinzu, für den Fall, dass Herr Flauschebaum kein Englisch versteht. Eher freischalten, erwidert er unbewegt, alternativ: entsperren. Na gut.

Jedenfalls, sage ich, weiß ich nicht, wie das gehen soll. Ich dümpele so vor mich hin, 60 Prozent, und sehe, wie mein Leben vorbeizieht. Es ist schon wieder Winter geworden! Und ich habe nichts, aber auch gar nichts unlockt. Alles ist wie immer, nur schlimmer. Und da Herr Flauschebaum nach wie vor unbeeindruckt scheint, füge ich hinzu: Haben Sie gar keine Meinung dazu?

Herr Flauschebaum schaut emotionslos. Dann sagt er, langsam, als müsse er sich erst ans Sprechen gewöhnen: Ich denke, 60 Prozent sind immerhin mehr als die Hälfte.

Mehr als die Hälfte, wiederhole ich.

Ja, nickt Herr Flauschebaum, mehr als die Hälfte. Er lächelt zufrieden und fügt hinzu: Es könnte schlimmer sein. Sehr viel schlimmer. 20 Prozent, zum Beispiel. Oder zehn.

Es könnte aber auch sehr viel besser sein, erwidere ich trotzig, 80 Prozent, oder 100! Ich kann es nicht leiden, wenn Herr Flauschebaum, oder irgendwer, mich nicht ernst nimmt. Ich habe ein Nicht-ernst-genommen-werden-Trauma, und Flauschebaum, von allen Menschen dieser Erde, sollte das am allerernstesten nehmen.

Stattdessen fragt er mich jetzt, woher ich wisse, dass das, was ich gerade lebe, 60 Prozent seien. Was, fragt er, wenn Sie längst schon bei 80 Prozent sind? Oder sogar bei 100?

Ich starre ihn an. Ich weiß nicht, ob er sich über mich lustig macht. Aber nein, er guckt ernst. Er guckt ernst und ein bisschen besorgt. Besorgt-lieb, nicht besorgt-mitleidig, immerhin.
Das wäre schrecklich, sage ich schließlich. Ich meine, das hieße ja ... das hieße ...

Ja?, fragt Herr Flauschebaum.

Das hieße, ... äääähm ...

Was hieße das, hilft er mir auf die Sprünge.

Also, wenn das hier – ich ziehe mit den Armen einen Kreis um mich –, wenn da gar nichts mehr kommen würde ... wenn ich gar nicht potenziell mehr wäre als das ...

Ich kann vor lauter Horror nicht weitersprechen. Die 40 Prozent, die ich noch *unlocken* könnte, wenn ich nur endlich den Schlüssel fände, sind meine einzige Hoffnung.

Denken Sie mal drüber nach, sagt Herr Flauschebaum. Warum Ihnen das so viel Angst macht. Und was das eigentlich über Ihr Menschenbild sagt. Nur so als Anregung!

Ich glaube, dass Sie der schlechteste Therapeut der Welt sind, sage ich nach einer kurzen Atempause. Herr Flauschebaum lächelt. Vielleicht, sagt er, aber Sie kommen doch trotzdem immer gerne hierher, nicht wahr?

Du bist schon angekommen. Du brauchst nichts zu verändern oder verbessern, raunt mir abends dann auch noch die Stimme meiner Meditations-App ins Ohr, *lass deinen Atem kommen und gehen. Kommen und gehen. Alles darf einfach so sein, wie es ist. Nicht im gesamtgesellschaftlichen Sinne, schreib jetzt nicht gleich nen Leserbrief. Nur bezüglich deiner nervigen Ansprüche an dich selbst. Hör mal auf, dich so wichtig zu nehmen. Let it go. Let it be. Sei einfach da. Atme.*
Ihr seid doch alle verrückt geworden, denke ich und schalte mein Handy aus. Das immerhin kann man ans Stromnetz anschließen, wenn es nur noch 60 Prozent hat. Dann

schalte ich es wieder ein, weil mir etwas eingefallen ist, das ich dringend Nadja mitteilen muss.

Das Problem mit der Selbstverwirklichung, spreche ich ihr auf, ist, dass man nie weiß, wann man fertig ist. Solange man nicht fertig ist, hat man sich nicht verwirklicht. Und wenn man sich noch nicht verwirklicht hat, ist man unwirklich. Man lebt, bis man die Selbstverwirklichung vollendet hat, ein Leben in Unwirklichkeit. Man ist sein eigener Geist, ein Bündel an Möglichkeiten, die nicht erblühen, vertrocknende Knospen, die einfach irgendwann abfallen von ihrem Zweig, statt ins nächste ihnen zugedachte Stadium überzugehen. Findest du nicht auch, dass irgendetwas daran nicht stimmt?

Zufrieden schalte ich das Telefon wieder aus. Sobald ich einen guten Gedanken hatte, fühle ich mich gleich immer schon zehn Prozent besser. Vor allem, wenn ich weiß, dass Nadja ihn sich anhören wird. *You make me feel like I'm 80 percent*, sage ich in den Raum hinein und nehme mir vor, das Nadja spätestens morgen zu schreiben.

Technik II

Liebe O.,
es tut mir wirklich sehr leid,
ich hatte eigentlich alles noch einmal ordnen wollen,
aber nun ist mein Drucker kaputtgegangen,
nachdem neulich erst die Spülmaschine
und die Waschmaschine kaputtgegangen sind
und gestern ein Hund auf meine neue Matratze
gepinkelt hat.
Ich kann dem Hund nicht böse sein, er war
gestresst,
und eigentlich auch dem Drucker nicht,
weil den habe ich seit zehn Jahren einstauben
lassen,
und auch die Waschmaschine war schon
gebraucht.
Nur was die Spülmaschine angeht, bin ich
enttäuscht.
Deswegen bekommst du den Text nun in Einzel-
teilen,
und es fehlt auch ein Stück,
aber ich hoffe,
das kriegen wir hin.

Wir treffen uns am Rande der Nerven

Dass deine Kinder mich hauen, ist das Zärtlichste
Was ich seit Wochen erlebt hab
Der Ganove fährt übers Nagelbett.

Im Badezimmer wird ein Schwimmbad errichtet
Irgendwer schreit, ich spüle
Vielleicht sind alle viel glücklicher im Haus
gegenüber
Oder es gibt dieses Glück einfach nicht.

Man sollte niemanden töten
Sagt M. betrübt
Angesichts der kopflosen Gänse im Ritterbuch.

Später auf der Couch, verheult und mit
Dramatisch geputzten Zähnen
Trinken wir Wein.

IV

Ich schreie deinen Namen in die Landschaft.

Die Landschaft schreit zurück.

Von Pflanzen lernen

Man kann von Pflanzen absolut nichts über menschliche Beziehungen lernen. Jahrelang habe ich meine Zimmerpflanzen mindestens einmal pro Woche freundlich gegossen, so: Na, wie geht's dir, und sie blieben kümmerlich, bekamen braune Blätter oder starben gleich ganz. Seit ich meinen Gummibaum dagegen wochenlang austrocknen lasse, nur um ihn dann im Wasserbad zu ertränken, bis das letzte Luftbläschen platzt, sprießt er eilig und gut gelaunt gen Himmel; und entweder heißt das, dass er versucht, vor mir zu fliehen, oder dass es ihm, seit ich ihm diese Extrembehandlung der Liebe angedeihen lasse, wirklich einfach nur gut geht. Ich darf das auf keinen Fall P. wissen lassen, der mich, seit wir unsere einmalige Knutscherei ins Unbestimmte verlängert haben, auch ganz genau so behandelt: mich zuerst emotional austrocknen lässt und dann plötzlich extrem überschüttet mit Zuwendung und Anhimmelei, sodass ich danach erst mal tagelang nach Luft schnappen muss und mich frage, ob das jetzt eigentlich möglicherweise die große Liebe ist. Es ist aber nur die große Gleichzeitigkeit zweier einander gegenläufiger Impulse, fürchte ich, und ganz egal, was es ist: Ich bin kein Gummibaum, mir bekommt diese Behandlung nicht gut. Ich denke, Leute sollten ganz generell gut überlegen, welche Zimmerpflanzen sie sich zulegen. Gummibäume vertragen zum Beispiel keinerlei Zugluft, dürfen aber auch nicht umgestellt werden, was bedeutet, dass man schon im allerersten Anlauf den optimalen Platz für sie finden muss.

Die Pflanze, die ich P. zu Lernzwecken vielleicht mal ans Herz legen sollte, ist Basilikum. Basilikum aus dem Supermarkt kommt meist in viel zu engen Töpfen. Man muss es, hat meine Zahnärztin mir erklärt, am Wurzelballen in vier Teile brechen und diese vier Pflänzchen dann in einem sehr, sehr großen Topf mit sehr viel Erde an einem sehr sonnigen Platz sich erholen und atmen und sprießen lassen. Man muss es viel gießen, aber darf es nicht einsperren. Und dann muss man es streicheln. Täglich streicheln, damit es spürt, wie viel Platz es hat. Das Basilikum erkennt dadurch nämlich, wie weit seine Blätter voneinander entfernt sind, und spürt den Platz und die Freiheit und entspannt sich und wächst. Es wächst und wächst, aber ganz ohne Stress, ist meist gut gelaunt und fidel, und hin und wieder verfasst es ein Liebesgedicht oder schreibt einen Song. So geht das nämlich, P., merk dir das mal.

Heute ist einer dieser Tage, an dem ich nur auf der Couch liege und nichts tue außer lesen und heulen. Zum Heulen nutze ich die Meditations-App, die L. mir empfohlen hat und deren Ziel es eigentlich ist, über die Atmung zur Ruhe zu kommen. Ich lege mich hin, starte die App, und kaum, dass die freundliche Frauenstimme sagt, dass alles so sein darf, wie es ist, dass ich nichts tun oder ändern muss, öffnen sich bei mir alle Schleusen und ich weine los. Es ist ein bisschen seltsam, denke ich, dafür ist die App nicht gemacht, aber ein bisschen ruhiger fühle ich mich hinterher trotzdem und ein bisschen getröstet wohl auch. Einatmen, ausatmen. So einfach ist das!

Schließlich entscheide ich mich, P. doch noch mal zu sagen, wie ich denke, dass die Dinge zwischen uns besser liefen. Möglicherweise weiß er's ja nicht und verhält sich nur deshalb so komisch, weil ich es ihm nicht ausreichend erklärt habe, ihm nicht in vollem Umfang und detailliert genug dargelegt habe, wie ich funktioniere und wie sich unser Verhältnis zueinander stressfreier und schöner gestalten ließe. Stressfreier vor allem für mich, weil ich glaube, für ihn ist es gar nicht so stressig, eher ganz praktisch und angenehm.

Ich brauche mehr Zeit zum Ankommen, schreibe ich ihm also, zum Ankommen, Dasein und wieder Verabschieden. Du kannst nicht einfach so reinrauschen und wieder rausrauschen,
wie jemand, der mit Anlauf vom Zehn-

meterbrett springt, während jemand anderes, ich nämlich, gerade versucht, in Ruhe ihre Bahnen zu schwimmen. Was glaubst du, wie doll man sich erschreckt, wenn plötzlich neben einem jemand ins Wasser platscht. Du kannst mich nicht so eng festhalten und gleich darauf Tschüss sagen, das geht nicht, dann falle ich runter und brauche zu lang, um mich wieder zusammenzusetzen. Wir können uns erst sehen, wenn es für unser Treffen einen Zeitraum von wenigstens 30 Stunden gibt, das ist, so scheint mir, die Mindestlänge, wenn man bedenkt, dass man zwischendurch schläft.

Ich bezweifle aber, dass das irgendwas ändern wird. Einatmen, ausatmen. Alles darf so sein, wie es ist. Oder auch nicht! Vielleicht wird P. mich gleich anrufen, um mir zu sagen, wie gut er meine Metaphern findet, und rückblickend werde ich froh sein, nicht gleich aufgegeben zu haben bei der ersten Irritation.

Alle, die ich frage, haben zu diesem Thema eine andere Meinung. Ich frage niemanden mehr. Ich versuche, meinem Kopf und Herzen in stundenlangen Sitzungen eine Wahrheit abzuringen, die keines von beiden preiszugeben bereit ist. Vor allem auch, weil sich die Wahrheit, allen Behauptungen zum Trotz, gar nicht in mir befindet. Um sie zu finden, muss ich P. treffen und müsste er ganz von selbst etwas sagen, wovor ich mich allerdings ziemlich fürchte. Also schreibe ich ihm im Vorfeld eine Reihe von Sätzen auf, die er sagen könnte, beziehungsweise von denen ich wollen würde, dass er sie sagt, in der Hoffnung, die Dinge damit gleichermaßen effektiver und erträglicher für mich zu gestalten. Ich werfe die Sätze in seinen Briefkasten und merke erst dann, wie dumm das war. Weder weiß P. nun, dass sie für mich bestimmt waren, noch weiß ich, ob er sie überhaupt lesen und etwas damit anfangen wird. Was schon so überhaupt nicht dasselbe ist.

Herr F. sagt, dass es ganz grundsätzlich keine gute Idee sei, Sätze, die man selbst gerne hören würde, in jemand anderes Briefkasten zu werfen. Er fragt mich, ob ich den Widerspruch darin selber erkenne. Ich erkenne ihn, aber das hilft mir jetzt auch nichts. Ich sage, ich muss den Leuten doch sagen, was sie mir sagen sollen, weil sie es ansonsten ja überhaupt gar nicht wissen können. Oder, sagt Herr F., Sie lassen die Leute einfach sagen, was sie von sich aus gern sagen wollen, und ziehen dann ganz autonom ihre Schlüsse daraus. Das geht aber nicht, erwidere ich. Die Leute sagen nämlich meistens das Falsche. Dann muss ich auf Abstand gehen. Und dann geht die Geschichte schlecht aus.

A. ist der Meinung, dass mein Problem in erster Linie ein literarisches sei. Ich sei auf eine kohärente Narration fixiert, sagt sie, auf eine Story, die Sinn ergibt und in der eins ins andere greift, das Universum und die Wünsche der Protagonistin, also deine in dem Fall, und weil du dem Universum gleichzeitig keinen Meter über den Weg traust – wie auch, werfe ich ein, es enthält ja wortwörtlich *alles* – glaubst du, fährt A. ungerührt fort, der Sache zuvorkommen und einen Schluss schreiben zu müssen, bevor die Zeit dafür tatsächlich gekommen ist. Einen verfrühten Schluss oder eine vollkommen unnötige, unsachgemäße Fortsetzung einer Geschichte, die nie eine hätte werden sollen. Das kommt daher, dass du so viel liest. Und dass du so fürchterlich zwanghaft bist.

Bin ich gar nicht, sage ich und richte die Gabel im rechten Winkel zur Tischkante aus, lass mich in Ruhe mit deinem Diagnostizierungswahn. Aber A. hat natürlich recht. Wenn man seine gesamte Kindheit und Jugend hindurch von morgens bis abends nichts anderes getan hat, als zu lesen, entwickelt man eventuell einen unrealistischen Blick auf die Dinge und ihren Verlauf. Man sieht alles vor dem Hintergrund dramaturgischer Logik. Dieser Logik entsprechend hätte eine:r von uns sich längst melden müssen, telefonisch oder als nackter Überraschungsbesuch, aber in Wirklichkeit laufen die Dinge auf derart langsame und spannungslose Art und Weise ab, dass kein Mensch dieses Buch auch nur zur Hälfte würde lesen wollen. In Wirklichkeit hat schon wieder ein neuer Monat begonnen und habe ich Post von der Krankenkasse, die darum bittet, ihr ein neues Foto für die Versichertenkarte zuzusenden, weil mein aktuelles inzwischen mehr als zehn Jahre alt ist. In Wirklichkeit durchsuche ich all meine Kisten und Schubladen nach den Fotos, die ich doch erst letztes Jahr habe machen lassen, biometrisch und noch leicht verkatert, weil ich am Tag zuvor meinen Geburtstag gefeiert hatte, und finde beim Suchen stattdessen Bilder von Menschen, die ich vermisse, und Bilder von mir als Kind, was ich überhaupt nicht vermisse: ein Kind zu sein. Ich habe schon sehr, sehr früh das Gefühl gehabt, dass Kind zu sein etwas Schreckliches ist, schrecklich im Sinne von keinerlei Autonomie oder freier Entscheidung, und weil ich zugleich so brav war und immer nur stundenlang las, nachdachte oder meine Geschwister anschrie, die mir durch ihre erratischen Lebendigkeitsgeräusche das Lesen und Denken erschwerten, könnte man sagen, dass ich meine Kindheit in erster Linie abgesessen habe. Gesessen und gewartet, dass endlich das richtige Leben beginnt, in dem ich, von Literatur befreit und erwachsen, in die wirkliche Welt hinaustreten würde, wo Liebe und Glück auf mich warten.

Das Problem, fällt mir jetzt auf, ist, dass ich darauf eigentlich immer noch warte. Dass das richtige Leben beginnt und dass irgendwo anders, nicht hier, der Aufenthaltsort von Liebe und Glück ist. Worin vielleicht schon das erste und größte Missverständnis besteht: diese beiden so arglos zusammenzudenken. Dieses Warten auf das richtige, wahre Leben ist im Übrigen nichts, was ich mir ausgedacht habe. Ich habe ähnliche Beschreibungen schon öfter bei anderen gelesen, und mich beschleicht der Verdacht, dass es eine Krankheit sein könnte, die insbesondere wahnhafte Leser:innen befällt. Siehe oben: eine verzerrte Vorstellung davon, wie die Dinge so laufen, romantische Ansprüche, Phantasieüberschuss. *Als ich ein kleines Mädchen war, freute ich mich unbändig – „auf das Leben". Ich erwartete, dass auf einmal, plötzlich, ganz unversehens das Leben beginnen würde. Ein Vorhang öffnet sich, und nun kommt das Leben. Es kam nichts, und es kamen viele Dinge, aber es war nicht das Richtige, irgendwie war es nicht das Leben, ich merkte nicht einmal, dass ich kein kleines Mädchen mehr war und mich immer noch auf das Leben freute, immer noch darauf wartete.*

Was Liebesratschläge angeht, sollte A. sich vielleicht etwas zurückhalten. Ihre Zielgruppe sind cute Boys, die ein Kleidchen aus Red Flags tragen – nicht *nur* Boys, wirft A.

ein –, und der einzige Grund, warum wir sie wieder und wieder ins Verderben laufen lassen, ist, dass ihre Storys immer so wahnsinnig interessant und unterhaltsam sind. So viele Stunden, wie wir gemeinsam schon analysiert haben, was der und der gesagt oder auch nicht gesagt hat, was genau er oder sie damit jetzt eigentlich gemeint haben könnte und welche Interpretation es für diese oder jene Verhaltensweise eventuell noch geben könnte, außer der sehr naheliegenden, dass die entsprechende Person sich *eigentlich* nicht ausreichend für A. und deren seelisches Wohlergehen interessiert, sondern in erster Linie oder auch ausschließlich für sich selbst, kann man gar nicht Serien gucken.

Und weil ihr an Liebe glaubt, sagt A.

Ja, deswegen auch.

Als Zehnjährige bestand eine meiner liebsten Beschäftigungen darin, mir erotische Geschichten auszudenken, die alle ungefähr denselben Plot hatten. Ein Jüngling steht verloren im Wald und ich komme zufällig des Weges und rette ihn, woraufhin er sich unsterblich in mich verliebt. Fertig. Daran hat sich bis heute eigentlich nicht viel geändert. Was ich mich jetzt allerdings frage, ist, worin genau meine Rettung bestand.

Falls der Junge sich im Wald verlaufen

hätte, wäre ich ihm wahrscheinlich keine große Hilfe gewesen, denn mein Orientierungssinn ist wirklich außerordentlich schlecht. Ich hätte ihn wahrscheinlich nur noch tiefer in den Wald hinein geführt, so lange und weit und tief, bis uns auf einer Lichtung ein Häuschen aus Schokolade, Keksen und Knusperflocken erschienen wäre, aus Himbeereis, Zuckerwatte und salzigem Karamell, das sich beim ersten zaghaften Griff nach dem Keks als Fata Morgana entpuppt hätte. Vielleicht war der Jüngling auch einfach nur dankbar, dass ich ihn nicht aufgegessen habe. Weshalb er sich ohne Umschweife in mich verliebte, als Geretteter und Retter zugleich, in etwa so wie Jack in Titanic. Nur dass der leider am Ende ja stirbt.

Mit P. zusammen zu sein fühlt sich, apropos Titanic, ein bisschen so an, wie unentwegt Trailer zu gucken. Man ist ständig ganz aufgeregt, aber kaum, dass man sich ein klein wenig einlassen möchte, sind zweieinhalb Minuten rum und es wechselt rasant das Genre. So gesehen ergibt es nun auch Sinn, dass P. noch nie mit mir ins Kino gehen wollte, auch wenn ich ihn ständig mit größtmöglichen Augen angeguckt habe, lange schweigend angestarrt mit zitternder Lippe, in der Hoffnung, ihn so erweichen zu können. Nur ein einziger, winzig kleiner Film, aus seinem Interessengebiet!

P. mit größtmöglichen Augen anzuschauen bringt aber gar nichts, nicht nur, weil er darin viel besser ist als ich und gleichzeitig vollkommen immun gegen emotionale Erpressung; nein, auch weil P. einfach keinerlei Interesse daran hat, sich einen Film in voller Länge anzuschauen. Volle Länge, vollständige Filme interessieren ihn nicht. Ich frage mich, ob er fürchtet, dass der Film eventuell nicht gut ausgehen könnte. Falls das Kategorien sind, in denen P. denkt. Vielleicht sind gut und schlecht aber auch Begriffe, die man auf die hier diskutierte Frage überhaupt gar nicht anwenden kann. Die Frage, warum P. sich so sorglos mit Trailern zufriedengibt und mich in diese Lage bringt, in der ich so tun muss, als hoffte ich nicht, dass das Beste noch kommt.

Returning to a state of longing is like returning home to me, because that's how life was for me as a kid. I was always waiting for more. I was always hoping someone would rescue me from my loneliness.

Dass ich mich immerzu in Leute verliebe, die eigentlich keine Zeit für mich haben, liegt wahrscheinlich daran, dass ich alles andere gar nicht aushalten könnte. *Nur, weil mich deine Uneindeutigkeit nervt, heißt das noch lange nicht, dass deine Eindeutigkeit mich nicht auch nerven würde*, notiere ich mir auf einem verschrumpelten Zettel, um es nicht auf Antworten hoffend an P. schicken zu müssen, der daraus eh nur schließen würde, dass das Problem ausschließlich bei mir liegt.

Herr F. weiß für all das auch keine Lösung, zumindest keine, mit der ich zufrieden bin. Sie müssen, sagt er, als ich ihm bei unserer nächsten Stunde von dem ganzen Schlamassel erzähle, sich selbst verzeihen. Mir selbst, frage ich, wofür denn? Die andren verhalten sich doch so bescheuert! Sie müssen sich dafür verzeihen, fährt Herr F. ungerührt fort, dass Sie so unfassbar bescheuerte Entscheidungen treffen. Bitte was?, frage ich. Ich bin mir nicht sicher, ob ich ihn richtig verstanden habe. Sie müssen sich dafür verzeihen, wiederholt Herr F., dass Sie unvollkommen sind. Jetzt bin ich mir doch ganz sicher, dass er eben etwas anderes gesagt hat. Was meinen Sie denn damit, frage ich, etwas verärgert, was heißt denn hier unvollkommen! Ist Ihr Job nicht, mich zu empowern? Mir zu sagen, wie gut ich das alles hier mache und dass ich perfekt bin, so wie ich bin? Die größte Empowerung, sagt Herr F. und hebt seinen Finger, liegt in der Anerkennung und Akzeptanz unserer eigenen massiven Unvollkommenheit. Lassen Sie sich davon bloß nicht dumm machen. Er richtet seinen Blick gen Himmel. Ich richte auch meinen Blick gen Himmel. Da ist aber gar nicht der Himmel, sondern bloß die Zimmerdecke von Herrn F.s Behandlungszimmer. Selbst der Himmel ist unvollkommen.

Was soll ich denn mit dieser Information jetzt machen, frage ich, nachdem wir eine Weile an die Decke geguckt haben. Wie kann ich verhindern, dass mir das noch mal passiert, meine ich. Dass ich jemanden mag und der sich so deppert verhält. Gar nicht können Sie das verhindern, sagt F. Nur sich verzeihen, wenn Sie sich einem so depperten Verhalten demnächst erneut so dermaßen deppert hingeben, als hinge Ihr Leben davon ab.

Puh. Ich weiß manchmal nicht, was Sie wirklich sagen, und was ich nur im Nachhinein dazu dichte, gestehe ich Herrn F. Er lächelt lieb und verständnisvoll. Das macht nichts, sagt er dann, Hauptsache, es wirkt. Und das tut es doch, oder?

Ich mache jetzt keine Pläne mehr. Ich lasse das Leben jetzt einfach kommen. Pläne zu machen hat bisher immer nur dazu geführt, dass das Geplante nicht eintrat. Dass ich, wie in meinen Träumen, vom Weg abkam. Nicht cool und sexy vom Weg abkam, sondern eher so, als hätte ich mein Pausenbrot im Klassenzimmer vergessen und fände danach den Weg zum Schulhof nicht mehr.

Seit ich nichts mehr plane und alles einfach passieren lasse, passiert weniger als vorher, aber es ist mir gleichzeitig auch deutlich egaler. Nichts, was nicht passiert, ist auf mich zurückführbar. Alles existiert aus einer eigenen Logik und Form heraus, die zu verstehen ich mich nicht länger abmühen muss. Ich habe auf all das hier keinerlei Einfluss und es ist mir egal. Ich muss keine Träume mehr haben, und wenn doch, erzähle ich sie ganz sicher nicht Herrn F., der daraus immer irgendetwas Abwegiges ableiten will, gerade so, als hätte ich nicht mal mein eigenes Unterbewusstsein unter Kontrolle.

Das haben Sie auch nicht, klärt Herr F. mich auf, das ist ja gerade der Witz am Unbewussten, dass es sich der Kontrolle entzieht. Er schnipst eine Weihnachtsnuss in die Luft, Mandel mit cremiger Zimtschokolade, und fängt sie gekonnt mit dem Mund wieder auf. Zufrieden kaut er die Mandel und lächelt mir zu, gerade so, als habe er soeben höchstpersönlich die Theorie des Unbewussten entwickelt.

Herr F. jedenfalls meint, dass der Grund dafür, dass das Geplante, wenn ich Pläne mache, so oft nicht eintritt, eventuell auch darin liegen könnte, dass *ich* für meine Pläne nicht ausreichend eintrete. Dass ich meine eigenen Pläne und möglicherweise mich selbst ganz allgemein nicht ernst genug nehme.

Aber wie soll man etwas ernst nehmen, das ständig erklärt werden muss?

Immerhin weiß ich jetzt, warum ich abends nicht einschlafen kann und stattdessen zum Runterkommen Heimwerker-Videos schaue: Ich will einfach nicht, dass der Tag endet. Nicht, dass ich noch etwas zu erledigen hätte oder der Tag, um den es geht, besonders bemerkenswert gewesen sein müsste. Aber solange ich nicht schlafe, ist noch heute, ein Tag, an dem ich keinen Tag älter geworden bin und trotzdem nach wie vor lebe. Diese Unmöglichkeit versuche ich bloß, in die Länge zu ziehen.

Montagvormittag sitze ich am Mini-Schreibtisch in C.s Schlafzimmer, in deren Wohnung ich mich geflüchtet habe, weil ich mich in meiner eigenen Wohnung nicht konzentrieren kann, und kann mich nicht konzentrieren. Je dringlicher ich arbeiten müsste, desto weniger kann ich mich dazu aufraffen. Der Kontostand sinkt und ich stehe unbeeindruckt daneben, als sei es nicht meiner, und denke: Ist mir doch egal. Ich streike. Der Gedanke, dass meine ganze Anstrengung, auch wenn es eine interessante Anstrengung ist, nur dazu da ist, dass ich Miete, Essen und Krankenkasse bezahlen kann, führt zu einer plötzlichen vollständigen Erlahmung meiner Motivation. Man könnte denken, ich sei in irgendeiner Art Phantasieschlaraffenland aufgewachsen, wo niemand für seinen Lebensunterhalt arbeiten musste und alle Tätigkeiten nur aus

Neugierde, Freude, Überzeugung, als Beschäftigung, zum Lernen oder aus sozialen Interessen heraus ausgeführt wurden. Wie sonst könnte ich mir diese innere Streiklust erlauben? Aber egal, wie naiv das alles ist: Ich empfinde sie als etwas durchaus Gesundes. Vor allem, seitdem eine Millionenerbin mir erklärt hat, wie die Dinge sich aus ihrer Sicht darstellen. Aus ihrer Sicht – nicht ihrer persönlichen, sondern der der besitzenden Klasse – ist es nämlich wirklich absurd, für so etwas Basales wie Miete, Essen und Krankenkasse arbeiten zu müssen. So was ist in ihrer Welt immer schon da, und die Frage danach, wofür man sein Geld ausgeben will, spielt sich völlig woanders ab, in der Sphäre des totalen Überschusses. Nicht mal der der Reisen oder Immobilienkäufe, sondern sogar noch darüber hinaus. Verreisen und Immobilien kaufen macht man eh, und das, was man sich fragt, ist dann, wohin mit dem ganzen Restgeld. In wen oder was könnte ich investieren, was würde sich lohnen, wo ist all das Money gut geparkt. Selten lautet die Antwort: bei einer mittelprekären Halbkünstlerin, die das ganze Geld ja doch nur wieder für direkte Lebensnotwendigkeiten ausgeben wird, wie eben Wohnen, Essen, Klamotten, Handyreparaturen und Zahnersatz. Das ist, und da treffen sich der Millionär und ich in unserem Mindset, auf gewisse Weise einfach nur Geldverschwendung. Das ist Verbrauch und eben nicht Investition, das ist purer Lebenserhalt, auf erträglichem bis ganz angenehmem Niveau, aber eben nichts, was darüber hinaus geht. Das Geld vermehrt sich nicht, es verschwindet. Es verschwindet, sobald es mein Konto betritt, als hätte es nie existiert. Es fließt durch mich durch und produziert dabei nichts als Ausscheidungen und hin und wieder eine gute Idee, die ich, aus Trägheit, Dummheit oder mangelndem Einsatz, aber nicht sogleich monetarisiert bekomme, sondern meistens einfach verstreichen lasse, ins Notizbuch schreibe und vergesse oder auch nirgends hinschreibe und einfach so vergesse.

Heute Morgen hatte ich den perfekten Satz im Kopf, den hundertprozentigen Textanfang, aus dem heraus sich alles Weitere einfach ergeben hätte; dann flog ein Vogel vorbei und der Satz war weg. Vielleicht war ich auch auf der Toilette, habe eine Pflanze umgetopft, den Müll rausgebracht oder auf mein Handy geschaut, jedenfalls konnte ich den Satz nicht mehr rekonstruieren, als hätte mein Gehirn ihn in ein Zimmer gesperrt, zu dem ich nun keinen Zugang mehr habe. Ich sah mich regelrecht vor dieser Tür stehen, hinter der sich mein Satz befand, oder eher die ersten entscheidenden Worte, von denen der Sinn und Gehalt des Ganzen nun mal maßgeblich abhing.

Ich hatte das Bedürfnis, einen Badezimmerteppich zu kaufen, erkläre ich C., als sie mich am Nachmittag fragt, warum ich von meinem Spaziergang mit einem Badezimmerteppich nach Hause komme. Es ist genau genommen ein Universalteppich, hellblau, weiß und rosa, aber er lag im Super-Billig-Shop bei den Handtüchern, weswegen ich sogleich an mein Bad denken musste. Das Bad, das ich zukünftig haben werde, nicht das, was ich habe; das Bad meiner glorreichen Zukunft. Ich mag es, mir schöne Dinge zu kaufen für meine Wohnung, sie müssen nicht speziell oder teuer sein, sie folgen keinem bestimmten Einrichtungsstil, beziehungsweise falls sie das täten, wüsste ich sicher nicht, welcher das ist.

G., mit der ich vor einer Weile mal bei Ikea war, findet das richtig scheiße. Nicht bei mir speziell, die weiß das gar nicht von mir, sondern grundsätzlich, dieses Sich-einrichten-Wollen, Nestbautrieb. Dieses bürgerliche Familienidyll, dieses heteronormative, kapitalistische Glücksversprechen des Friedens in den eigenen vier Wänden. Zu Ikea fahren konnten wir daher auch nur ironisch. Ironisch saßen wir in der S-Bahn, zwischen all den Leuten, die sich ganz unironisch auf neue Bettwäsche, Lampen und Dekoobjekte freuten, und ironisch suchten wir Aufbewahrungsboxen, Bettlaken und ein Kellerregal für G. aus und eine beschichtete Pfanne für mich, denn praktische Dinge darf man kaufen, weil man die ja nicht wegen des Glücksversprechens erwirbt. Aber ich erwerbe eigentlich alles ausschließlich aufgrund irgendwelcher Versprechen, von der Handcreme bis zum veganen Backbuch, und auch die Pfanne habe ich mir nur deshalb gekauft, weil sich in meinem Kopf bereits ein vollständiges Narrativ entsponnen hatte, das Sonntagsfrühstück, Pfannkuchen mit Ahornsirup und eine neue Liebe enthielt. Ich will alle Dinge, weil die Dinge für etwas stehen, weil die Dinge auch für etwas einstehen können, wenn ich das Gefühl habe, verloren zu gehen. Falls ich verloren gehe, so denke ich mir, wird in meinem Badezimmer immerhin noch der Teppich liegen, den ich mir damals kaufte, als ich im Frühling zeitweilig bei C. unterkam, und der Teppich und die Seifenschale und mein vertrautes Shampoo werden mich trösten. Sie werden mir das Gefühl geben, zu Hause zu sein, auch wenn ich es gar nicht bin, auch wenn es zu Hause in der Form gar nicht gibt.

Am Nachmittag bekomme ich einen Anruf von so einer Abzockerfirma, der ich aus Versehen mal all meine Daten gegeben habe. Ich habe die Nummer blockiert, aber die Abzockerfirma generiert einfach immer neue Nummern, Berliner Nummern blöderweise, weswegen ich da immer auch rangehen muss. Bei Berliner Nummern werde ich schwach, da denke ich an

Jobangebote, Liebschaften, irgendetwas Aufregendes, zumal ich auch wirklich zwei reale Anrufe von realen Kontakten aus Berlin zumindest ansatzweise erwarte, und auch, wenn die mich sehr wahrscheinlich eher mit dem Handy anrufen würden, kann ich nicht anders, als ranzugehen, wenn eine Berliner Nummer auf dem Display erscheint. Ich denke, daran erkennt man, dass ich aus einer sehr kleinen Stadt komme, daran und an der Tatsache, dass ich auf Gewinnspiele reinfalle. Es gab nämlich eine Jahreskarte für das Schwimmbad zu gewinnen, in dem ich regelmäßig schwimmen gehe, und da auch dort vor Kurzem die Preise erhöht wurden und ich manchmal einfach sehr arglos und kein richtiger Digital Native bin, habe ich all meine Daten, inklusive meiner Telefonnummer, dort hineingeschrieben in das Gewinnspielformular, auch wenn ich längst hätte stutzig werden müssen, als da stand, dass das Schwimmbad nicht Ausrichter des Gewinnspieles ist, ja, mit dem Gewinnspiel gar nichts zu tun hat, und dass die Angabe meiner Telefonnummer keineswegs freiwillig ist, sondern Pflicht, wenn ich gewinnen will. Und seitdem bestelle ich täglich drei Newsletter ab und sage einmal pro Woche einem Callcenter-Typen mit Berliner Nummer, dass er mich nie wieder anrufen soll. Und nicht er ist es, der darüber traurig ist.

Verlustaversion

Das war ein schwieriger Tag
Aber schön.
Vier Stunden lang besprachen wir
Ein Universum, in dem wir knutschen können
Dann bat ich dich, uns auszuziehen
Und wir fielen ins Bett.
Du fragst mich, ob ich irgendwas brauche
Und ich nenne dir meinen einzigen Wunsch:
        eine Torte
Pommes mit Mayo
Spaghetti mit Salbeibutter, cremiger Sahnesauce
Ein überdimensionales Seitansteak
Mit Ketchup und Senf.

Ob ich schon *während des Sexes*
An Essen dachte
Fragst du mich etwas besorgt
Und ich überlege, ob deine korrekte Verwendung
        des Genitivs
Um mein Sprachgefühl nicht zu stören
Vielleicht genau das Maß an Liebe ist
Das zwischen uns gerade geht.

Am Abend küsst mich eine Freundin beim Tanzen
Und jemand sagt mir, wie schön ich war
Als ich reinkam, so schön im Gesicht.
Ich bin ja seit gestern nur weicher geworden
Ich weine nicht *mehr*, aber anders
Ich lege dir alles dar, in der Hoffnung, dich über-
zeugen zu können
Ich kann es nicht, weil es um Überzeugung nicht
geht.

Will ich das überhaupt?
Während des Sexes sind mir die Fragen egal
Du lebst ja, ich auch, und wir sehen uns wieder
Du hast so, so viel Liebe verdient!
Die meisten, die schreiben
Haben eine Flasche Sekt unterm Stuhl
Und eine Einsamkeit als Erinnerung
An vergangene Zeit.

Businessplan

Meine Lebenshaltungskosten sind sehr gering.
Ich habe kein Auto, kein Haus, keine Kinder
fahre nie in den Urlaub und ernähre mich von
Nüsschen und Tee.
Ich züchte meine eigenen Tomaten (auf dem
Dach)
und Kartoffeln (im Keller)
Mein Fahrrad hat mich bisher noch über jede
stark befahrene Kreuzung gebracht
und falls was kaputt geht
kaufe ich es ganz sicher nicht nach.

Das größte Risiko der Existenz
ist der Krankheits- und damit Verdienstausfall
dem ich mit meinem gesunden Lebensstil
und meiner optimistischen Geisteshaltung
jedoch aktiv entgegenwirke.

Ich bin ein Schwan, ein Reh, ein Pfefferminz-
bonbon.

Ich gehe achtmal wöchentlich joggen
und war in den letzten zehn, zwanzig Jahren
nur zweimal krank.

Mein Beckenboden ist durchtrainiert
mit meinen Schenkeln
könnte ich einen Kohlkopf zerquetschen
auf meinen Knien balanciere ich Eier.
Meine Haare wachsen wie Moos
auf wasserumspülten Steinen
grün, buschig und feucht
meine Haut ist stets zum Zerreißen gespannt
mein Magen so klein wie ein Spatzenei.

Ich habe pelzige Brauen
und einen nach Niveacreme duftenden Po.

Ich creme mich ein mit Olivenöl
von oben bis unten mit Arnika, Wollwachs und
 Sheabutter
die knorrigen Ellbogen und den Buttercreme-
 bauch
das stopplige Fell und die Kniekehlen, die ständig
 jucken
aber ansonsten geht es mir gut.

Ich habe alles, was ich brauche
und falls ich mal eine Falte bekomme
lege ich mir ein Geldstück da rein
für Notfälle und schlechte Zeiten
oder einen Haargummi
oder einen winzigen Stift.

Technik III

Jetzt ist auch noch mein Vibrator durchgedreht. Zuerst hat er sich selbständig auf höchste Stufe gestellt, dann ging er gar nicht mehr aus. Der Akku lässt sich nicht entfernen (wasserdichtes Modell). Habe versucht, ihn mit einem Hammer zu zerschlagen; ist aber sehr elastisch. Habe ihn dann in eine Decke gewickelt im Klo eingesperrt. Jetzt heißt es abwarten, bis er den Geist aufgibt. Man hört das Summen durch die Tür. Ich hoffe, das ist für nichts eine Metapher.

Nachts erscheint mir der Therapeut im Traum. Er sagt, „Sie machen das alles sehr, sehr gut." Nein, er sagt, „Sie machen das alles sehr, sehr, sehr, sehr, sehr, sehr, sehr, sehr, sehr, sehr, *sehr*, sehr gut."
Ich finde das ein klein wenig übertrieben, bin aber geneigt, ihm zu glauben, weil er grundsätzlich recht hat. Trotzdem muss ich ihn fragen, was er denn damit meint. Schließlich kommt ja so oft gar nichts Gutes raus bei all dem, was ich so tue. Zumindest nicht unmittelbar oder messbar oder so, dass es als Beweis für irgendetwas Bestand haben könnte.
Doch der Therapeut schüttelt energisch den Kopf, einmal, zweimal, insgesamt 17 Mal schüttelt er ihn und ist danach vom vielen Schütteln
ganz rot im Gesicht. Aber er

lacht immer noch, und das macht mich froh und höchstens ein ganz kleines bisschen besorgt.

Das Weite

Ich habe das Weite gesucht und gefunden. Fenster auf, kühle Luft in die Küche, das Rauschen der Bäume, der Kühlschrank surrt. Durch den Wald wäre ich gestern gerne gestreift, langsam, bedächtig, rannte dann aber, weil ich, sobald ich langsamer lief, sofort von Mücken übersät war, für die ich offenbar ein Buffet darstellte, eine laufende Ladestation. Am Abend hatte ich immerhin nur zwei Stiche und sah am Feldrand ein Reh. Es pickte nach etwas und sah zu mir rüber, und hinter ihm tollten zwei Füchse oder jagten einander im Spiel und gingen dann Hand in Hand. Ein Telefonat, ein Bier, dann den Stecker gezogen und beschlossen, dass nun auch mal gut sei. Ganz allgemein, eine allgemeine Feststellung, auf alles anwendbar. Für ein paar Tage existiere ich in meiner eigenen Zeit, warte auf nichts und bin niemandem Antwort schuldig. Nachts eine Sternschnuppe, als ich sie brauchte.

Junge Dichter Variationen

(nach Friedrich Hölderlin)

I.

Liebe Brüder! es reift zur Zeit vielleicht
Da, dem Frühling gleich, schon lang entbehrt
Bald der Wille zur Schönheit;
Seid nicht dumm, nur weil es schwierig war!

Liebt eure Mütter und denkt freundlich der
Sterblichen!
Herzt den Plausch, nicht den Tod! Hört hin,
übertreibt es nicht.

Wenn das Meiste euch ängstigt
Hilft Margarita.

II.

Lieben, Boys! Ist vielleicht eine Kunst
Da, den Göttern gleich, nur lange währt
Was mit Stil auch und Schönheit
Sterblich ist.

Liebt griechisch und denkt freundlich der
Frommen!

Harret dem Frost, wie dem Rausch! Lebt, und
beschreibt es schlicht.

Wenn die Natur euch ängstigt
Schlagt ein Rad.

III.

Love, Schwester, nützt zur Kunst vielleicht nur
Wenn, was dem Jünglinge gleicht, sich nicht
wehrt.
Bald zur Stelle, und statt frommer Schönheit
Was vom Griechen. An der Bar.

Lieb deine Blätter und sinn flüchtig den Deinigen!
Hab weder Master noch Gott. Denk, und verzeih
es nicht.

Wenn die Natur dich um Rat fragt:
Keine Angst.

DANK

Ich danke Lena Dorn, Stefan Wartenberg und Olivia Golde für geteilte Freude, Ermutigungen und Emergency-Lektorate, Carolin Krahl und Katharina Zimmerhackl, in deren Händen ich Korrektorat und Gestaltung so gut aufgehoben wusste, und insbesondere Marcel Raabe, dafür, dass aus einem Spaziergang mit Punschkugeln tatsächlich ein Buch werden konnte. So schön, euch an meiner Seite zu haben.

Mein herzlicher Dank geht außerdem an Alexandra Ivanova für die literarische Beratung, Daria Kinga Majewski, nicht nur für die Weihnachtsnuss, Sarah Frenking, die A. ihre Gedanken zur dramaturgischen Logik lieh, Susa Berivan für 3 Sherry und den Basilikum-Tipp, Antje für all die reale und metaphorische Sahnesauce und Theresa für Glückwunsch zum Unbekannten.

Die Arbeit an diesem Buch wurde unter anderem durch ein Aufenthaltsstipendium des Referats Internationale Zusammenarbeit der Stadt Leipzig, der Abteilung Internationale Beziehungen beim Magistrat der Stadt Brünn und der Mährischen Landesbibliothek (Moravská zemská knihovna) möglich gemacht.

Kommen und Gehen:
S. 81: Frigga Haug: Frauen – Opfer oder Täter? (1980), Text online abrufbar über die Website der Autorin

Von Pflanzen lernen:
— S. 114: Milena Jesenská: Es ist nicht gut, sich auf etwas zu freuen, in: Alles ist Leben. Feuilletons und Reportagen, 1919–1939, Verlag Neue Kritik, Frankfurt am Main 2008, S. 121.
— S. 117: Heather Havrilesky in der Kolumne „Ask Polly" vom 26.02.2020, https://www.thecut.com/2020/02/ask-polly-my-dream-man-moved-on-should-i-wait-for-him.html
— S. 122: Vgl. Marlene Engelhorn im Gespräch mit Sven Preger bei Deutschlandfunk Nova, Sendung „Deep Talk" vom 07.12.2022.

Eine Version von „Mein Leben als Topfpflanze" wurde zuerst in *PS: Anmerkungen zum Literaturbetrieb / Politisch Schreiben #5* (2019) veröffentlicht;

„Junge Dichter Variationen“ in *outside the box – Zeitschrift für feministische Gesellschaftskritik* #7 (2019);

und „LOVE LOVE LOVE“ in *neunzehnneunzig in klammern zwanzigzwanzig und zwanzigsechzehn*, Trottoir Noir (2020).

Anna Kow
Trost & Träume

Trottoir Noir | Skizzenbücher # 21

1. Auflage, Leipzig 2024
ISBN 978-3-945849-29-3

Erschienen bei Trottoir Noir
Henriettenstraße 7
04177 Leipzig

www.trottoirnoir.de
info@trottoirnoir.de

Gestaltung: Katharina Zimmerhackl
Gesetzt aus der Rebond Grotesque von Extraset
und der Olivita von Adobe Fonts.
Gedruckt bei Pöge Druck Leipzig.